書下ろし

百石《ひやっこく》手鼻《てばな》

のうらく侍御用箱②

坂岡 真

祥伝社文庫

目次

百石《ひやつこく》手《て》鼻《ばな》

一

北町奉行所のなかで「芥溜《あくただまり》」と蔑《さげす》まれている金公事方《かねくじかた》の用部屋は、そもそも、古い裁許帖《さいきょちょう》など諸々の捨てられない綴《と》じ物を積んでおく土蔵にほかならず、寒々《さむざむ》とした蔵内には小窓がひとつしかない。

小窓からは、わずかに陽光が射しこんでいる。

葛籠桃之進《つづらもものしん》はお情け程度の日だまりに寝そべり、猫のようにまどろんでいた。

年はぞろ目の三十三、のっぺりした瓜実顔《うりざねがお》に下がり眉《まゆ》、小さい眸子《まなこ》におちょぼ口、からだつきは撫《な》で肩でずんどう。どう眺めても風采《ふうさい》のあがらぬ男だが、いっしょに居ても苦にはならない。

「春の海ひねもすのたりのたりかな」

桃之進は蕪村《ぶそん》の発句を口ずさみ、寝ぼけ眸子でだらしなく笑った。

のたりのたりと漂う気分が心地良く、のんびり舟を漕《こ》ぎながら過ごす止まったような時の流れをこよなく愛してやまない。が、今は春ではない。冬至《とうじ》も迫り、時雨《しぐれ》る日の多いなかに訪れたつかのまの冬日和《びより》であった。

「やっぱり、河豚《ふぐ》だな」

食いたいものを順に浮かべたすえ、河豚鍋にたどりつく。

「いや、待て」

当たって死ぬのは怖《こわ》いので、鮟鱇《あんこう》鍋にしておこう。

「そういえば」

深川永代寺《ふかがわえいたいじ》の門前に、味噌仕立ての美味《うま》い鮟鱇鍋を食わせる見世《みせ》があった。

昔っから、食い意地だけは張っている。そのかわりと言うのも変だが、野心に乏しい。出世欲に金欲に色欲、いずれも薄い。無きに等しい。そうしたところは枯《か》れた老人のようでもあり、歯ごたえがない。風采があがらぬ風貌《ふうぼう》に、枯れ寂《さ》びた心。檀那《だんな》寺の和尚《おしょう》には「楽茶碗《らくぢゃわん》のような御仁よ」と笑われたこともある。

家は家禄三百石の貧乏旗本、先祖は神君家康《いえやす》公に仕えた近習で、実母の勝代《かつよ》は「大坂夏の陣にて功あり」と自慢するが、定かではない。少なくとも、桃之進を眺めるかぎり、豪傑の片鱗《へんりん》は毛ほども窺《うかが》えぬ。

十年余り勤めた勘定所では「のうらく者」と綽名《あだな》されていた。

のうらく者とは、能天気な変わり者のことだ。下の者をつかまえて唐突に流れる雲のはなしをしたり、人生を語りながら気を失ってしまうことも一度ならずあった。役目に関して言えば、面倒事はできるだけ避け、気働きはいっさいしない。とぼけたふりをして段取りを失念したり、とにかく、手を抜くことばかり考えている。かといって、邪魔になるわけではない。上役からすれば、少し目障《めざわ》りだが、居ても居なくてもどちらでもかまわぬ。となれば当然のごとく、だいじな役目は与えられない。要するに、のうらく者とは腑《ふ》抜けのことだ。

案《あん》の定《じょう》、幕府の断行した役人減らしの一環で左遷され、職禄三百石から百石減俸の御目見得《おめみえ》以下に落とされたあげく、この春から北町奉行所に移されてきた。左遷とは申せ、町奉行所の与力といえば垂涎《すいぜん》の役目、袖の下だけで蔵が建つと噂《うわさ》されている。

しかし、金公事方だけは恩恵の外に置かれていた。

金公事とは、金銀貸借によって生ずる争いのこと。案件が膨大かつ煩雑《はんざつ》なために、八代将軍吉宗《よしむね》の御代から町奉行所では取りあつかわなくなった。

にもかかわらず、訴えの窓口だけは残してある。

理由は、奉行所の人気取りのためとも聞く。定かではない。

いずれにしろ、あってもなくてもよい役目とみなされている。ただし、貸した金を返してもらえぬ者は、藁《わら》をもつかむおもいで訴えを起こす。訴状だけは一日に何十枚と溜まってゆくので「芥溜」なのである。

芥溜の住人は、桃之進のほかにふたりいた。

無気力を絵に描いたような同心どもで、よく舌のまわる狸《たぬき》顔は安島左内《やすじまさない》、鈍重にみえる馬面《うまづら》は馬淵斧次郎《まぶちおのじろう》という。

いずれも三十路《みそじ》なかばの働き盛り、妻子を抱えているにもかかわらず、働く意欲に欠けていた。奉仕の精神など、微塵《みじん》も感じられない。のうらく者の烙印《らくいん》を押された桃之進の目でみても「てんでだめなやつら」なのだ。

今も隣で、安島は鼾《いびき》をかいている。馬淵は小机に向かって正座し、筆を握ったまま身じろぎもしない。こちらも寝ているのだ。馬淵には魚のように目を開けて眠るという、どうでもよい特技があった。

別段、怒りも感じない。眠たければ眠ればいい。そのまま老いさらばえて、棺桶で永久に眠っちまえ、ともおもう。

起こしても仕方ないので、桃之進はふたりを放っておいた。

すると、そこへ、

「お尋《たず》ね申しあげます」

狆《ちん》に似た顔の年増が、ひょっこりあらわれた。

鼻の低い愛嬌《あいきょう》のある顔が笑った途端、くしゃっとなる。

狆くしゃ顔の女だなと、桃之進は霞《かすみ》のかかった頭でおもった。

「下谷《したや》同朋《どうぼう》町で後家《ごけ》貸しを営《いとな》む、おきよと申します」

年のころなら四十路の手前。女だてらに高利貸しを営むだけあって、眉間《みけん》や目尻の皺《しわ》に抜け目のなさと傲慢《ごうまん》さを隠しもっていそうだ。

聞けば、門番に誰何《すいか》もされず、黒渋塗りの長屋門を通りぬけてきたらしい。

門を抜ければ、地べた一面に那智黒《なちぐろ》の砂利石が敷かれている。天水桶《てんすいおけ》の堆《うずたか》く積まれた白壁の向こうは白州《しらす》、拷問蔵とおぼしき建物の屋根もみえる。そうした目もくらむようなお上の権威に圧倒されながらも、おきよは式台までつづく幅六尺の青石を踏みしめてきた。厳《いか》めしい表玄関の敷居をまたぎ、雪駄《せった》を胸に抱いて長廊下を渡り、部外者の身でありながら掃《は》き清められた中庭を彷徨《うろつ》き、北寄りの別棟に配された金公事蔵までたどりついたというのだ。

「案内《あない》の者は、おらなんだのか」

「いいえ、おられました。檜《ひのき》の香る玄関口でお尋ね申しあげたところ、こちらの蔵にまわれとご命じに。案内を請《こ》いますと、忙しいから勝手に行けと仰《おつしや》いました」

「勝手に行け、か」

「はい」

石臼《いしうす》のような扉の隙間から、おきよは鰻《うなぎ》のように忍びこんできた。

「安島、おい、安島」

桃之進に揺り起こされ、狸顔の同心が眠そうな目をこすった。

「は、どうかなされましたか」

「ふむ、あれをみよ」

「ほ、おなごですな。ぷっ、くく」

「何が可笑《おか》しい」

「おなごのあの顔、金満家が好んで飼う座敷犬に似てござる。かの座敷犬、何と申しましたかな」

「狆であろう」

「いかにも、狆でござる」

「名はおきよ、下谷同朋町の後家貸しだ。おぬしが呼びつけた者ではないのか」

「おもいだしました。下谷から後家貸しをひとり呼んでございます」

安島は立ちあがり、黒漆塗りの御用箱から溢《あふ》れた訴状を搔《か》きまわす。

「ない、ないない。くそっ、後家貸しの訴状がない。どこに消えちめえやがった」

金を返してほしい者の切羽《せっぱ》詰まった願いをかなえるべく、一日に一枚だけ日の目をみる訴状があった。

面倒な手続きは、いっさいない。御用箱から適当なのを一枚抜き、訴状に記された金公事の当事者を呼びつけるのだ。後日、出頭した双方から事情を聞き、どうにかまるくおさめてやる。

それが金公事方にあっては唯一の役目と言えるものだが、表向きは取りあつかわないことになっているので、記録には一文字も残らない。残せない。残してはならぬとされているものの、事をまるくおさめてやれば、何となく役目を果たした気分にはなる。しかも、貸し手のほうからは内々で謝礼も貰《もら》える。ほんの少しだが、奉行所の評判もあがる。天災つづきで世情が混沌《こんとん》とするなか、お上も市井《しせい》の評判を気にせざるを得ない。それが現状らしい。

おきよのような貸し手はみずから訴えたことでもあり、呼びだしを掛ければ必ず奉行所へやってくる。一方、借りた金を返さぬ不心得者《ふこころえ》も、逃げたら獄門台に送ってやるぞと囁《ささや》けば、死人のような面で出頭する。

借り手を連れてくる面倒な役目は、洲走《すばし》りの甚吉《じんきち》という海千山千の岡っ引きに託されていた。連れてくるだけで褒美《ほうび》にありつける。ゆえに、十中八九、はずさない。

そして、肝心の裁《さば》きは、安島左内の役目だった。

口八丁の安島は、借り手が金を返せると踏んだら、いくらでもいいから返してもらえと貸し手に持ちかける。すると、たいていは半額程度の返済で落ちついた。

——あっぱれ、半金戻しの涙裁き。

安島は「三方一両損の大岡《おおおか》裁きにも比肩する」と鼻息も荒く大見得を切り、いつもおのれの手管《てくだ》を自画自賛する。涙裁きの涙とは、貸し手の流した悔《くや》し涙のことだ。

裁きは蔵ではなく、狭苦しい隣部屋でおこなわれる。

窓はないし、蒲団《ふとん》部屋に似て黴《かび》臭い。長居は禁物、息が詰まってしまうので、短く切りあげ、揉《も》め事を持ちこませないようにしなければならない。

桃之進と安島は横並びで座り、対面にはおきよがかしこまった。

お辞儀をすれば額《ひたい》がぶつかりそうで、端から眺めると珍妙な光景ではある。

安島は訴状をみつけられず、おきよの口から直《じか》に事情のあらましを聞かねばならなかった。

「金を貸した相手は、誰だっけな」

「筒取りの半次郎《はんじろう》という半端《はんぱ》者にございます」

「筒取りとは、盆茣蓙《ぼんござ》の壺振りのことか」

「はい。以前は下谷の地廻り一家で厄介《やっかい》になっておりましたが、今は一匹狼を気取っております」

「なるほど。して、貸した額は」

「半年ぶんの利息も入れて、二十五両と二分」

「そいつは、けっこうな額だな」

「はい、洲走りの親分さんに半金だけでも返ってくればめっけものと諭《さと》され、それでもかまわないと覚悟をきめて、こうしてまかりこしました」

「殊勝な了見だ。半次郎に最初《はな》から返す意志がなかったにせよ、おぬしのほうにも騙《だま》された落ち度はある。高利を吹っかけた負い目もあろうしな。ま、半金だけでも返ってくれれば、鐚《びた》一文手にできずに泣き寝入りするよりはましだろう」

「仰《おお》せのとおりにござります」

おきよは心持ち、渋い顔で応じた。

「それにしても、遅いな」

安島が吐きすてるとおり、呼びつけた刻限は疾《と》うに過ぎている。

「葛籠さまを待たせるとは、太え野郎だ」

そこへ、ひょっとこ顔の岡っ引きがやってきた。

洲走りの甚吉である。

「よう、ひょっとこの。どうしたい、手ぶらじゃねえか」

「安島の旦那、面目ねえ。半次郎に逃げられやした」

「何だと」

「あれだけ念押ししといたのに……くそっ。旦那、あの野郎を捜しだし、首に縄をつけてでも連れてきやす。もう一日だけ、機会をつくっていただけやせんか」

甚吉は口を尖《とが》らせ、悶っ引きの意地をみせようとする。

安島は顎《あご》を掻き、大袈裟《げさ》に溜息を吐いた。

「おめえがそこまで言うんなら、つくらねえでもねえがな。葛籠さま、いかがいたしましょう」

都合がわるくなると、こうして下駄を預けてくる。

「ふん、つくってやりゃいいじゃねえか」

桃之進は鼻を鳴らし、ぞんざいに応えてやった。

二

――じゃじゃん、じゃじゃじゃん。

滅多《めった》打ちの早鐘が鳴っている。

「火元は、火元はどこだ」

刺子半纏《さしこばんてん》の若い衆をつかまえ、桃之進は唾《つば》を飛ばした。

一日の役目を終えて八丁堀《はっちょうぼり》へ帰る途中、若い定町廻り同心の轟三郎兵衛《とどろきさぶろべえ》といっしょになった。三郎兵衛はひょんなことで知りあった血気盛んな若侍、金公事方の面々とも唯一繋がりがある。そのまま別れるのも味気ないので、自邸のある提灯掛《ちょうちんが》け横町を通りすぎ、霊岸島《れいがんじま》は新川河岸《しんかわがし》の居酒屋に誘った。一杯のつもりがつい呑みすぎ、ほろ酔い加減で外に出てみれば、すっかり暗くなっていた。川面《かわも》に映る十日夜《とおかんや》の月を眺めながら歩いていると、突如、対岸から紅蓮《ぐれん》の火の手があがったのだ。

亀島《かめじま》川に架かる霊岸橋から北に取ってかえせば八丁堀、そこから二町ほどすすめば家人の待つ邸《やしき》がある。邸というほどのものではない。勘定方のときは九段下《くだんした》の蟋蟀《こおろぎ》橋に五百坪の敷地を拝領していた。引っ越しを余儀なくされた八丁堀の敷地は二百坪に足りず、家作の門は長屋門から簡素な冠木《かぶき》門にかわった。母の裁量で使用人は半分に減らし、栗毛《くりげ》の馬も売った。格落ちの邸だが、焼かれては困る。

気丈な母は癪持《しゃくも》ちで、桃之進の不甲斐《ふがい》なさをいつも嘆《なげ》いていた。嫂《あによめ》だった商家出の妻は姑《しゅうとめ》の肩を持ち、こましゃくれた九つの娘は家長たる父親の機嫌を取ろうともしない。十四の嗣子《しし》にいたっては自室に籠もって顔もみせず、五つ年下で部屋住みの舎弟は廓《くるわ》遊びに耽《ふけ》っていた。そうした家の面々だが、火事で死なすわけにはいかぬ。

桃之進は焦燥に駆られ、若い衆の襟首《えりくび》をつかんだ。

「早く応えろ、火元はどこだ」

「お武家さま、どこと聞かれても、すぐそことしか応えられやせんぜ。ほら、風向きが変わりやがった。炎がこっちに向かってくらあ」

怪鳥迦楼羅《かるら》が火焰の翼をひろげ、ごごうっと咆《ほ》えている。

半鐘は今や、耳朶《じだ》を潰《つぶ》すほどの擂り半鐘にかわっていた。

桃之進は茶碗《ちゃわん》河岸に立ち、南西の川向こうを睨《にら》みつける。

「くそっ、みえぬ」

闇夜を覆《おお》う黒煙のせいで、火元は判然としない。

あきらかなのは、炎が新川を乗りこえ、霊岸島の北側一面を舐めつくそうとしていることだ。

三郎兵衛とはいつのまにか、はぐれてしまっていた。

周囲には女子どもの悲鳴と、火消したちの罵声《ばせい》が飛び交っている。

禁じられている大八車に荷を載せ、豊海《とよみ》橋へ向かう者も大勢あった。

おそらくは橋の手前で役人に制止され、荷ごと大八車を捨てねばなるまい。

「赤ん坊が、赤ん坊が火の中に――」

泣き叫ぶ母親の声に導かれ、桃之進は四日市《よっかいち》町の一角に踏みこんだ。

「助けてください、どなたか、助けてください」

黒煙の渦巻くあたりから、悲愴《ひそう》な声は聞こえてくる。

桃之進は黒羽織を脱ぎすて、格子《こうし》縞の着物の裾を端折《はしょ》るや、脱兎《だっと》のごとく駆けだした。

正義感に駆られたのではなく、打算で動いているわけでもない。

――赤ん坊を救わねば。

その一念で、からだが自然に反応していた。

ひとの流れに逆らって駆け、怪鳥の嘴《くちばし》へ迫った。

一歩近づくごとに、体感する熱さは増してゆく。

毛穴が開き、信じがたい量の汗が吹きでてきた。

「赤ん坊が、わたしの赤ん坊が」

踏みこんだ露地裏の鼻先に、髪を焦《こ》がした若い母親が裸足《はだし》で佇《たたず》んでいる。

「どこにおる。赤ん坊はどこだ」

「あっち、あっちです……うわっ、あああ」

絶叫する母親の指差すさきでは、巨大な迦楼羅が炎を放っていた。

茫々《ぼうぼう》と燃える棟割《むねわり》長屋の片隅に、赤ん坊は置きざりにされてしまったのだ。

「んぎゃあ、んぎゃあ」

なすすべもなく立ち尽くしていると、どこからともなく、赤ん坊の泣き声が聞こえてきた。

「幻聴か」

いや、そうではない。

隣で佇む母親もじっと耳を澄《す》ましている。

やがて、炎のただなかから、産着にくるまった乳飲《ちの》み子を抱いた褌《ふんどし》一丁の男があらわれた。

「坊や、わたしの坊や」

母親は立ちあがり、ふらつきながらも歩きだす。

男は白い歯をみせて笑い、大股で歩みよってきた。

随所に火傷《やけど》を負ったからだは、脂肪のたっぷり付いた四十男のもので、お世辞にも見栄えがよいとは言い難《がた》い。上背はさほどなく、撫で肩で小太りのからだつきだが、腰まわりだけはしっかりしていた。

褌に大小を差している。侍なのだ。

きちんと剃《そ》られた月代《さかやき》と褌一丁であることとの奇妙な取りあわせが、新鮮といえば新鮮だった。

「坊や、無事だったのね……ああ、わたしの坊や」

母親は縺《もつ》れる足で近寄り、男の腕から乳飲み子を奪いとった。

そして、米搗《こめつ》き飛蝗《ばった》のようにお辞儀を繰りかえし、ふいに踵《きびす》を返すや、逃げ去っていった。

男は迦楼羅の炎を背負い、超然と佇んでいる。

桃之進の目には、後光が射しているやにみえた。

「もし、貴殿のご姓名は」

と、声を掛けずにはいられない。

相手も気づいたようだが、笑いながら手を振るだけだ。

「どうか、ご姓名をお聞かせくだされ」

問いかけは、逆巻く熱風の音に掻き消されてゆく。

男は胸を反らし、力士のように褌をぱんと叩いた。

「お手前も早くお逃げなさい」

おそらく、そう発したにちがいない。

声は届かず、身振り手振りで伝えてくる。

伝えきると、男は会釈して背を向け、丸尻を晒《さら》した恰好で一《いち》ノ橋のほうへ駆けだした。

「つわものだな」

桃之進は満足げに頷《うなず》き、みずからも炎を逃れてゆく。

川沿いに早足ですすみ、大神宮の鳥居を脇にみながら一ノ橋にたどりついた。

そこでようやく、火元が霊岸島の南寄りにある橋木《はしき》稲荷の裏手だと知った。

風向きから推して、炎が西側の亀島川を越える恐れはない。

八丁堀は無事だとわかり、ほっと安堵した。

漆黒の空からは、冷たいものが落ちてくる。

「雨か」

急に上昇した風が、雨雲を呼びおこしたにちがいない。

火消したちの活躍もあって、炎は下火になりつつある。

桃之進は対岸の八丁堀に渡り、提灯掛け横町に向かった。

どこの邸でも、十手持ちの家人が不安げに空をみつめている。

見慣れた冠木門のそばでは、葛籠家の面々が雁首《がんくび》を揃《そろ》えていた。

「母上、絹《きぬ》、香苗《かなえ》……」

桃之進は、たいせつな家族の名を口ずさむ。

部屋に籠もりきりの嗣子梅之進《うめのしん》までが、門口で蒼白い顔を晒していた。

舎弟の竹之進《たけのしん》だけはいない。おおかた、馴染《なじ》みの羽織芸者のもとにしけこんでいるのだろう。不甲斐ない舎弟のかわりに、三郎兵衛の顔があった。

家人から離れ、つつっと近寄ってくる。

「来ておったのか」

「はい。葛籠さまとはぐれて、どうしようかとおもいました。もしや、火に巻かれたのではないかと」

「心配を掛けて、すまなんだな。そちとて、母御が案じておられよう」

「ひとっ走り、声を掛けてまいりました」

「ふむ、それならよい」

「拙者《せっしゃ》はこれにてお暇《いとま》いたしますが、じつは、聞き捨てならぬ噂を小耳に挟みました。この火事、付け火ではないかと」

「なに」

「怪しい男を目にした者がおります。火事騒ぎの直前、月代を剃った侍風体の四十男が褌一丁になり、松明《たいまつ》を翳《かざ》しながら橋木稲荷の裏手を駆けまわっていたのだとか」

「褌一丁の月代頭……まさか、あの御仁が」

つぶやいたきり、桃之進は口を結んだ。

三

火事騒ぎの余韻も醒めやらぬなか、金公事蔵へ狆くしゃ顔の女が訪ねてきた。

後家貸しのおきよである。

安島は自分が呼んだことも忘れており、真面目《まじめ》な顔で「誰だったかな」などと聞いている。

桃之進も忘れていたが、ほかにやることもないので付きあうことにした。

隣部屋に差しまねき、安島は欠伸を噛み殺しながら先日と同じ問いを繰りかえす。

「金を貸した相手は、誰だっけな」

「筒取りの半次郎にござります」

「筒取りとは、盆茣蓙の壺振りのことか」

「はい。以前は下谷の地廻り一家で厄介になっておりましたと、先日もご説明しましたけど」

「お、そうであったな。して、貸した額は」

「半年ぶんの利息も入れて二十五両と二分。そいつはけっこうな額だなと、旦那は仰いましたよ。お忘れなんですか」

おきよにむっとされて、安島は目を背《そむ》ける。

「それにしても、遅えな」

またもや、約束の刻限は疾うに過ぎていた。

と、そこへ。

岡っ引きの甚吉が蒼褪《あおざ》めた顔でやってきた。

「安島の旦那、とんでもねえことになっちまった」

「とんでもねえことと」

「へい。半次郎がつい今し方、ほとけでみつかりやした」

「何だと」

「正面から左胸をひと突き、串刺しでごぜえやすよ」

「ひぇっ」

おきよは悲鳴をあげ、蹲《うずくま》って頭を抱えた。

うろたえる様子が尋常ではない。半次郎とは深い仲だったのかもしれぬと、桃之進は邪推した。

安島は舌打ちをかまし、甚吉にさきを促《うなが》す。

「下手人は」

「定町廻りの轟三郎兵衛さまが下谷の裏長屋に駆けつけ、怪しい野郎を捕まえるにゃ捕まえたんだが、どうやら、殺《や》ったのはそいつじゃねえらしいんで」

「どういうことだ」

「へい、野郎はたまさか惨状に出くわしただけの賽子仲間《さいころ》、それが証拠に返り血は一滴も浴びておりやせん。腰が抜けて立ちあがれねえところへ、一報を受けた轟さまが馳《は》せ参じ、手早く縄をお打ちになったんだとか。その小悪党、どうやら、いまわに立ちあったらしく、半次郎が虫の息でこの世に遺《のこ》した台詞《せりふ》をおぼえておりやした」

「ほう、何と言ったんだ」

「これをご覧くだせえ。轟さまが書き留めたものを拝借してめえりやした」

うやうやしく差しだされた半紙には、金釘流《かなくぎ》の文字が書きつけてある。

「百石手鼻の東軍流《とうぐん》……何だこりゃ」

「半次郎を殺った下手人のことじゃねえかと、轟さまは仰いやした」

「ふん、定町廻りの若造がそう言ったのか」

「へい」

「それにしても、へたくそな字だな」

「どれ、みせてみろ」

脇から覗いた桃之進も、綴《つづ》られた字のほうに反応する。

「ほんとうだ。あやつ、手習いをまともにやっておらぬな」

甚吉は、口端に皮肉な笑みを浮かべた。

「ともかく、相手が屍骸《むくろ》じゃ借りた金も返《け》えせやせんぜ」

「そりゃそうだ。おきよには気の毒だが、この一件は手仕舞いにするっきゃねえな」

「お役人さま、少しお待ちを」

おきよは両手を畳につき、震える顎《あご》をくいっと引きあげた。

「百石手鼻の旦那なら、おぼえがござります」

「ほう、申してみろ」

「はい。ご姓名は梨田六左衛門《なしだろくざえもん》さま、御作事方《おさくじかた》のお役人で、ご自身のことを『鼻紙も買えぬ百石手鼻の貧乏侍』と、自嘲《じちょう》なさる癖がおありです」

「おぬしとの関わりは」

「お住まいがご近所で、何度かお金を融通《ゆうずう》いたしました」

「返してもらったのか」

「いいえ。三月《みつき》ぶんの利息も入れて、八両と二分ほど滞《とどこお》っております」

「おいおい、そっちも訴える気じゃねえだろうな」

「背に腹は代えられないと言いたいところですが、梨田さまには強いことも申しあげられません」

「どうして」

「借金は、胸を患《わずら》った奥様のお薬代なんです。今どき、奥様をあれほどたいせつになさるお方もおられません。こう言っちゃ何ですが、梨田さまはお役人にはめずらしく情の深いお方です。それがわかっているだけに、あとわずかだけ返済を延ばしてほしいと拝まれれば、首を縦《たて》に振らないわけにはいかなくて」

「おぬし、金貸しに向いておらぬぞ」

「仰るとおりかも。それにしても、あの梨田さまがひとを斬るだなんて、とうてい考えられません」

「半次郎との関わりは」

「わたしの存じあげるかぎり、関わりはないものと」

「ふん、さようか」

安島は鼻を鳴らし、弱った顔で襷《たすき》を渡そうとする。

「葛籠さま、どういたしましょう。相手は幕臣ですし、ここは深入りすべきではないとおもわれますが」

「ふうむ」

桃之進は、深刻そうな顔で腕を組んだ。

「どうか、なされましたか」

「人相風体《ふうてい》は知らぬが、梨田六左衛門という名は聞いたことがある」

「え」

「炎の突きを得手とする東軍流の元師範だ。いささか、名の知られた剣客よ」

「炎の突きですか。半次郎殺しの遣《や》り口とぴたり、一致しますな。しかも、百石手鼻の元東軍流師範となれば、やはり、放ってもおけませぬか」

放っておいてもかまわぬが、それでは夢見がわるかろう。

桃之進が目顔で意志を伝えると、安島は面倒臭そうに溜息を吐いた。

四

夕方、桃之進は廻り方同心の屯《たむろ》する茅場《かやば》町の大番屋を訪ね、外廻りから帰ったばかりの三郎兵衛をみつけるや、鎧《よろい》の渡しの舟寄せまで連れだした。

「深川まで付きあえ」

「はあ」

浮かぬ顔の三郎兵衛を促《うなが》して猪牙《ちょき》に乗り、凍てつく日本橋川を漕ぎすすむ。

豊海橋のさきから夕陽を映《うつ》す大川に漕ぎだし、永代橋を斜めに潜って深川佐賀《さが》町の油堀《あぶらぼり》にいたった。さらに、木の香りを嗅ぎながら千鳥《ちどり》橋を通りすぎ、閻魔《えんま》堂橋のさきで松葉の岐路を右手にすすめば、門前仲町《もんぜんなかちょう》に聳《そび》えたつ一の鳥居はすぐそこだ。

ふたりは陸《おか》にあがり、仲町の目抜き通りに居並ぶ酒楼を仰《あお》ぎみた。

「霊岸島の火事騒ぎ、驚いたな」

「はあ」

「卯月《うづき》の大火でこのあたり一帯も焼け野原になったはずだが、半年もすればこうして華やかに酒楼が建ちならぶ。以前と少しも変わらぬ面構えでな」

「仰るとおりですね」

古い衣でも脱ぐように、燃えた翌日から焼け野原には槌《つち》の音が響きわたり、大工や左官の張りきった声が飛びかう。火事によって人々は仕事にありつき、復興に必要な金銭がからだを巡る赤い血のように循環しだした途端、江戸は一斉に活気づくのだ。

「皮肉なものさ」

「今年はとりわけ火事が多いですね。春先は浅草《あさくさ》、卯月は深川で秋口は南品川《しながわ》、そして先日の霊岸島とつづきました」

「火事だけではないぞ。年明け早々から大地震に見舞われ、夏は出水で神田上水《かんだじょうすい》が切れた」

天災は江戸にかぎったことではない。浅間山《あさまやま》は噴火するし、陸奥《むつ》の岩木山《いわきさん》も薩摩《さつま》の桜島《さくらじま》も噴火した。日本全土に火山灰が降りそそぎ、作物は枯れ、東北地方を皮切りに深刻な飢饉《ききん》となった。百姓地は荒廃し、莚旗《むしろばた》を掲げた者たちは城下に押しよせ、裕福な商家を毀《こわ》しては略奪を繰りかえしている。

一方、村を棄てた逃散《ちょうさん》百姓や禄を失った陪臣《ばいしん》たちは、江戸へどっと雪崩《なだ》れこんできた。人心は殺伐《さつばつ》とし、凶悪な犯罪は増加の一途をたどっている。三郎兵衛のように生真面目な捕り方は、目の下に隈《くま》をつくりながら東奔西走していた。

「生きにくい世の中になったものだな」

金公事方の与力風情《ふぜい》が嘆《なげ》いたところで、何の解決にもならない。

「酒を喰《くら》うか」

鮟鱇鍋でもつっつきながらと聞いて、大食漢の三郎兵衛は目尻をさげた。

もちろん、警戒を解いたわけではない。美味いものを奢《おご》るのは、見返りを期待してのことだろう。

「さあ、こっちだ」

桃之進は一の鳥居を潜《くぐ》って横道に逸《そ》れ、青提灯《あおぢょうちん》の面に『小田原《おだわら》』と書かれた見世の暖簾《のれん》を振りわけた。

「提灯鮟鱇と小田原提灯を掛けておるのさ。つまらぬ駄洒落《だじゃれ》だが、おもしろがる者もけっこういる。まだあるぞ、小田原といえば北条《ほうじょう》だ。北条と豊穣を引っかけてな、世の中がいくら飢《う》えようとも、この見世に食材の絶えることはない。気のいい親爺《おやじ》は、そう言いたいのさ」

「はあ」

相手が吟味役の与力ならまだしも、うだつのあがらぬ芥溜の与力とあっては、頼まれ甲斐《がい》も少なかろうというものだが、三郎兵衛としては無碍《むげ》にもできない。借りがある。いちど、窮状を救ってもらっていた。以来、何かと親しげに声を掛けられる。ともすれば、直情径行の誹《そし》りを免《まぬか》れぬまっすぐな性分が、どうやら、気に入られてしまったらしい。

いっしょにいるところを同僚にみられたくもない相手だが、疎略にもできぬ。

三郎兵衛にとって桃之進は、厄介至極《やっかいしごく》な相手であった。

暮れ六つ（午後六時）を過ぎたばかりのせいか、客はまだ少ない。

奥の床几《しょうぎ》に座った途端、禿頭《はげあたま》の親爺が満面の笑みでやってきた。

「よう、のうらく者め。久方ぶりではないか」

親爺がぞんざいな口を利《き》いたので、三郎兵衛は目を丸くする。

桃之進は、してやったりという顔で笑った。

「驚いたか。何を隠そう、この親爺は勘定所の元同僚でな、名は冬木源九郎《ふゆきげんくろう》という。三年前に侍を辞め、鮟鱇の吊《つる》し切り専門になりおったのさ」

親爺は荒事の役者よろしく、ぎょろ目を剝《む》いた。

「侍身分といっしょに、姓も捨てたのよ。今は冬木にあらず、元冬木だ。ぐはは、わかったか、若造」

「よくぞ、姓を捨てられましたね」

不思議がる三郎兵衛の鼻面へ、元冬木は無精髭《ぶしょうひげ》の生えた顎を近づけた。

「やってみれば何のことはない。侍身分を捨てたら、すっきりするぞ。おぬし、妻子はおるのか」

「いいえ」

「独《ひと》り者か。親は」

「母がひとりおります」

「兄弟は」

「おりませぬ」

「ふん、さようか。わしは女房子どもに愛想を尽かされ、双親《ふたおや》にも見放された。ところが近頃になって、やつら、こっそり見世に忍んでくるようになった。なぜだかわかるか、絶品の鮟鱇鍋にありつけるからよ。ふふ、おぬしが侍を捨てたら、母御は悲しまれような」

「無論です」

「それが存外にそうでもない。母親というものは世の中でいちばん強い生き物でな、おぬしが侍をやめても微動だにもせぬ。いつかきっと、おぬしのやったことを許してくれよう。さあ、いつやめる。侍をやめたら、わしのところへ修行に来い」

「お待ちください。わたしは侍を捨てません。ええ、捨てる気など毛頭ない。石に齧《かじ》りついてでも、お役目を全《まっと》うしてみせます」

「む、莫迦《ばか》にするおつもりか」

「気負《きお》うな。ひよっこめ」

「おっと、やるってのか。わしはこうみえても、無外流《むがい》の免許皆伝ぞ。もっとも、葛籠桃之進とくらべたら、力量に天地ほどの差はあるがな」

「おいおい、そのくらいにしておけ」

桃之進は鬢《びん》を搔き、迷惑そうな顔をする。

三郎兵衛も、面前に座る冴《さ》えない与力が剣客であることは知っていた。

安島左内に聞いたのだが、にわかには信じられず、千代田《ちよだ》城の白書院広縁にて催された御前試合の記録を紐解《ひもと》いたこともある。

記録を読めば、真偽はあきらかだった。今から十四年前の明和《めいわ》六年（一七六九）夏、将軍家治《いえはる》の御前でおこなわれた武芸勝ちぬき戦において、葛籠桃之進は並みいる強敵を木刀にてつぎつぎに打ち負かし、見事に優勝を遂げた。

「わしも末席で見物しておったがな、それは見事な立ちあいであった」

「よせよせ、あのころが頂点で、あとは坂道を転げおちるばかりだ。みろ、このとおり、腹の肉がたぷついておるわ」

「お、ほんとうだ。わしが殺《そ》いでやろうか」

御前試合ののち、出世は意のままとおもわれたが、世の中そう甘いものではない。もはや、剣術を得手とする者が出世できる時勢ではなかった。桃之進は無役の小普請《こぶしん》組でしばらく過ごしたのち、兄の急死で葛籠家の当主となり、他人の禄米を勘定する勘定方に就いた。そして、十年経っても出世するどころか、禄米を大幅に減らされ、町奉行所へ左遷されてきた。

元冬木は四角い包丁を右手に掲げ、ぶんぶん振りまわしながら力説する。

「剣客なんぞは、あれば邪魔になるだけの無用者、重用されるのは算盤《そろばん》勘定に長《た》けた小賢《こざか》しい連中ばかりだ。出世なぞ望んで何になる。どうせ、いちどきりの人生ではないか。自分の好きなことをみつけ、器《うつわ》に見合った生き方をする。それこそが幸せというものではないか」

「おい、喋《しゃべ》りはもういい。そろそろ、鮟鱇を頼む」

「ふはは、任せておけ」

桃之進に催促され、元冬木は豪快に嗤《わら》いながら奥へ消えていった。

「ところで三郎兵衛、ひとつ聞きたいことがある」

「はあ、何でしょう」

「梨田六左衛門のことだ。少しは調べたのであろう」

「たいしたことは、わかっておりませんよ」

「かまわぬ、教えてくれ」

「融通の利かぬ朴念仁《ぼくねんじん》、との評にござります」

「なるほど、朴念仁か」

「元は東軍流の師範でしたが、稽古《けいこ》の際にあやまって門人を傷つけ、その日を境に道場を去ったのだとか」

「なるほど、拠所《よんどころ》ない事情というやつだな」

「梨田は突きの名人だったそうです。ご存じのとおり、半次郎は左胸を突かれておりました」

「やはり、下手人は梨田六左衛門とみておるのか」

「はい。わたしだけではなく、外廻りの方々はみな、同じ意見でござる」

「しかしなぜ、幕臣が壺振り風情を殺《あや》めねばならぬのだ」

「半次郎の部屋は、荒らされた形跡がござりました。おそらく、金目のものでも隠してあったのでしょう」

「物盗り目当てか」

「それに、半次郎はいかさまを得手とする壺振りで、方々から恨みを買っていたようです。私怨がからんでいたのかもしれません」

「ふたりの接点は」

「今のところ、みつかっておりません」

三郎兵衛は、わずかに顔を曇らせた。

「どうした」

「じつはこの一件、目付筋も動いております」

「目付筋が」

「はい。殺しの下手人が幕臣となれば、表沙汰《ざた》にはできますまい」

「うやむやにする気だな。目付筋には、おぬしが告げ口したのか」

「滅相《めっそう》もない。わたしは、そのような卑怯《ひきょう》なまねはいたしませぬ。誰の告げ口かはわかりませぬが、ともあれ、梨田六左衛門が追いこまれつつあるのはあきらかです」

「ようわかった。お、きたぞ」

「え」

大きな土鍋が濛々《もうもう》と湯気を立ちのぼらせ、ふたりの面前に運ばれてきた。

「鮟鱇だ」

五

火事から六日経った。

昨夜は冬至《とうじ》で銭湯の柚子《ゆず》湯に浸《つ》かり、一日の疲れをゆっくり取った。

別に何があったというわけではない。半次郎殺しに進展もなければ、昨日は金公事法度の裁きもなかった。耳搔きで耳の穴をほじりながら、のたりのたりと過ごしただけであったが、奉行所内にいるというだけで何とはなしに疲れた。

三日前、漆原帯刀《うるしばらたてわき》という新任の年番方筆頭与力に呼びつけられ、北町奉行所内に蓄《たくわ》えられた埋蔵金の額を質《ただ》された。

「何ですかそれは」

おもわず、口を衝《つ》いて出た台詞《せりふ》がそれだった。

埋蔵金とは悪徳商人から没収した財貨や盗人を捕まえて得た盗み金のことで、ここ数年ぶんを積算すると五万両を優に超えるとも噂されていた。

芥溜の住人に埋蔵金の額など、知りようはずもない。

「何じゃ、その態度は」

再度質され、返答できずにいると、金柑頭《きんかあたま》の偉そうな御仁は「役立たずの禄盗人《ぬすっと》めが」と憤慨してみせた。

怒りはいっこうにおさまらず、狆のようにきゃんきゃん吠えまくられたが、あとで聞いてみれば、呼びつけた相手をまちがえたらしい。

「ほうれみろ、わしのはずがないのだ」

謝罪はなかった。当然のことだ。所内人事もふくめて絶大な権限を握る年番方筆頭与力に最悪の心証を残しただけで、その日以来放置されているのだが、いつまた理不尽な呼び出しが掛からないともかぎらない。凪《な》ぎの海原で呑気面《のんきづら》をさげて、舟を漕いでばかりもいられなかった。

「金柑頭のせいで神経が休まらぬ。わしも存外に小心者だな」

苦笑しながら大物ぶってみせたが、やはり何よりも気に掛かるのは、火事場で赤ん坊を救った裸侍のことだ。

「いまどき、そんな殊勝な侍がおりましょうかね」

安島左内はぶちっと鼻毛を抜き、痛そうにしょぼついた涙目を向けてくる。

「いるのよ、それが」

「ほう、どこにおるのです」

「それがわかれば苦労はせぬ」

「仰るとおりで」

しばらくすると、安島は鼾《いびき》を掻きはじめた。

馬淵斧次郎は、朝からすがたをみていない。

「あやつ、風邪《かぜ》でもひいたか」

ずる休みをするにも言い訳は要るだろうと、胸の裡《うち》で悪態を吐く。

口に出して吐かないのは、気まずい関わり方を避けたいがためだ。

桃之進は小机の下を探り、取りだした風呂敷包みを小脇に抱えた。

大小を閂《かんぬき》差しにし、ふらりと蔵から抜けだす。

呼びとめる者とておらず、一抹の虚《むな》しさを感じながらも、内玄関に向かう。

長い廊下を渡って檜の香る表玄関にいたり、幅六尺の青石を踏みしめた。

空は厚雲に覆《おお》われ、天水桶が山形に積まれた練塀《ねりべい》は灰色にくすんでいる。

身分の高い御仁でも来るのか、長屋門の周辺が何やら騒がしい。

「御奉行のお戻りじゃ」

北町奉行の曲淵甲斐守《まがりぶちかいのかみ》が、三奉行立ちあいの評定から戻ってくるのだ。

桃之進は顔を隠すようにして正門を擦りぬけ、道を挟んで対面に佇む呉服橋《ごふくばし》門へ向かった。

松籟《しょうらい》を耳にしながら石積みの橋を渡れば、奈落の底から突風が吹きあげ、巻きこむように裾を浚《さら》ってゆく。かまわずに歩をすすめ、呉服町にいたると、あとは脇目も振らずに目抜き通りを突っきり、楓《もみじ》川の土手際までやってきた。

八つ刻の安閑とした川面をみつめ、ほっとひと息つく。

雄々しく胸を張って海賊橋を渡りきるや、ふたたび、足早に東へ向かった。

さらに、南茅場町を一直線に抜けて亀島川にいたれば、彼岸に広がる霊岸島の焼け跡に復興の槌音が響いている。

「逞《たくま》しいな、江戸は」

桃之進はにやりと笑い、露地裏の暗がりへ滑りこんだ。

適当な厠《かわや》をみつけて潜り、大小を鞘ごと抜いて帯を解く。

持参した風呂敷を開けば、襟《えり》の薄汚れた栗皮色の着物が安物の帯といっしょにたたんであった。

黒羽織を脱いで栗皮色に着替え、安物の帯を締めて大小を天神《てんじん》差しにする。

髷先《まげさき》を無造作に散らしてみせれば、即席の食い詰め浪人ができあがった。

「ふむ、これでよし」

浪人に扮《ふん》した桃之進は風呂敷を抱え、橋向こうの大神宮をめざした。

大神宮の御殿はあらかた焼けたが、境内《けいだい》の片隅には柊《ひいらぎ》の白い花が咲いている。

災禍を逃れた可憐な花の奇蹟にあやかり、火事の翌日、境内にお救《すく》い小屋が建てられた。

一昨日昨日《おとといい》と、桃之進は炊き出しの手伝いにやってきた。

熱波に炙《あぶ》られた身としては、そうせずにはいられなかった。わずかでも、罹災《りさい》者の役に立ちたいとおもったのだ。しかし、ごった返すお救い小屋の周辺に、黒羽織の役人風体は見あたらない。与力の身分で芋汁を掬《すく》う者などひとりもおらず、さすがに恥ずかしいので浪人に化けた。

偽浪人は、誰よりも働いた。

みなに重宝がられ、顎で使われても苦にならなかった。しかし、暮れ六つの鐘とともに、どこへやらと消えるので、親しくなった連中に「別れ鴉《がらす》」などと綽名《あだな》された。

「鴉さん、鴉さん、芋汁を一杯ちょうだいな」

長蛇の列に並んだ幼子までが、気軽に声を掛けてきた。

そうかとおもえば、白粉《おしろい》の剝げかかった年増が色目をつかう。

「鴉の旦那、いちどきりなら、只《ただ》にしとくよ」

年増の戯《ざ》れ言に周囲はどっと沸き、焼けだされた連中の顔にも笑みが戻ってくる。

その顔が目にできるだけでも、手伝いにきた価値はあると、桃之進はおもわずにいられない。

西の空を仰げば、筋雲が茜《あかね》に染まっている。

つがいの鴉が凍《こご》えたように鳴き、新しいねぐらに帰っていった。

やがて、暮れ六つの捨て鐘が響きわたるころ、鴉の旦那は黒焦げになった大神宮の鳥居に背を向けた。

焼け跡の一画には、早くも棟割長屋が建ちはじめている。

とんてんかんという槌音は、人々の心に希望を吹きこんだ。

「急げ、ぐずぐずするなよ」

捻《ねじ》り鉢巻きの小役人がひとり、八町四方まで通りそうな大声を発し、てきぱきと指示を繰りだしている。

小太りでしっかりとした腰まわり、人懐《なつ》こそうな面相を遠目に眺め、桃之進は棒立ちになった。

「まちがいない。あのときの御仁だ」

素早く駆けだし、小役人のもとへ向かう。

暮れなずむ焦土の中心で、ふたりはおもいがけない再会を果たした。

「もし、つかぬことをお伺《うかが》いするが」

急《せ》いた調子で尋ねると、振りむいた相手は穏和《おんわ》な笑みを浮かべた。

「拙者《せっしゃ》に何か」

「おぼえておられぬか。火事のさなか、貴殿は乳飲み子を救われた。あのときの凛々《りり》しい褌姿が、忘れようにも忘れられぬ。偽りではなく、後光が射しておられた」

「おもいだした。母親の隣で泣いておられたお方か」

泣き虫呼ばわりされて、桃之進はむっとする。

「泣いてなど、おるものかい」

「いいえ、お手前は泣いておられた」

「だとすれば、煙が目にしみたまでのこと」

「何もそう、むきにならずともよろしかろう」

「それもそうだ。ところで、貴殿はここで何をしておられる」

「拙者、御作事方の下奉行に任じられておりますゆえ、微力ながら町屋の復興を指導してござる。なあに、この身はたいそうなものではない。百石手鼻の鼻糞侍でござるよ」

「百石手鼻の鼻糞」

「いかにも。そちらは、ご浪人でござるか」

「え、まあ、そのようなものです」

「さほどお若くもなさそうだし、浪人暮らしはさぞかしお辛《つら》いでしょう」

「そうでもありませんよ。かえって気楽でね、宮仕えよりましかもしれない」

「ふむ、わかるような気もいたす。拙者は融通の利かぬ男、上役どのからは叱られっぱなしで。時折、何もかも投げだしてしまいたくなる。さよう、どこか遠くの知らない土地へ行ってみたいとおもったり。浪人身分が羨《うらや》ましい。その気になれば風の向くまま気の向くまま、どこへなりと、お好きなところへ旅立つことができる」

「いやいや、先立つものがありませんよ」

「なるほど、そこですな」

妙に馬が合う。桃之進は、いちばん聞きたいことを口にした。

「貴殿のご姓名を、お聞かせ願えませぬか」

「名乗るような者ではござらぬが、梨田六左衛門と申します」

「ぬえ」

開いた口から、心ノ臓が飛びだしかけた。

六

梨田に「どうしても」と請《こ》われ、中御徒町《なかおかちまち》の徒士《かち》屋敷まで従《つ》いていった。

本尊に摩利支天《まりしてん》を奉じる徳大寺《とくだいじ》の裏手、すぐそばには忍川《しのぶがわ》が流れている。

みずからを「百石手鼻」と自嘲するだけあって、まちがっても旗本屋敷とは呼べぬ貧相な居宅だが、軒先にしつらえた花籠には深紅の寒椿が挿《さ》してあった。

出迎えてくれたのは、鼻のつんと尖《とが》った三十路年増だ。

「妻の雅恵《まさえ》にござる」

できた女房なのだとでも言いたげに、梨田はくっと胸を張る。

どことなく狆に似ているところが、後家貸しのおきよを連想させた。

病床から抜けだしてきたのか、髪は乱れ、頬の瘦《こ》けた顔は灰色にくすんでいる。

やはり、胸を患っているのだ。

気後れを感じていると、梨田に袖を引かれた。

「さ、おあがりくだされ。ええと、そういえば、まだご姓名を伺っておりませなんだな」

「の、野乃侍野乃介《ののじのののすけ》と申します」

桃之進は咄嗟《とっさ》に、趣味ではじめた散文書きの筆名を名乗った。

「ののじどののでござるか、それはまためずらしいご苗字だ。どのような字を書きなさる」

「はあ、こうでこうで、こうですな」

宙を指でなぞってやると、梨田は唸《うな》った。

「ほほう、みたことのない姓だな。世の中は広い」

桃之進は、落ちつかない様子で月代を搔いた。

「梨田どの、やはり、玄関先で失礼いたす。ご妻女に迷惑は掛けられない」

「何を仰る野乃侍どの。ささ、どうぞどうぞ」

腕を取られ、狭い居間に招じられた。

妻女は苦しそうに咳《せき》をしながら、酒と肴《さかな》の支度をはじめる。

「妻のほかに、山猿が三匹おりましてな」

「山猿」

「九つを頭に七つと五つ、みな男の子でござるよ」

「ああ、なるほど」

三匹とも朝から外に遊びに出たきりで、腹が減ればどこからともなく帰ってくる。家事が煩《わずら》わしいため、三日に一度、知りあいの百姓家から賄《まかな》いの婆が手伝いにきてくれるという。

「野乃侍どの、おくつろぎくだされ」

「はあ」

燗酒と香の物が出され、煮物も運ばれてくる。

「まずは一献」

差しむかいで一杯飲り、おたがいに注ぎあった。

梨田は嬉しそうに杯を舐《な》め、銚釐《ちろり》を摘《つま》んでは注ごうとする。

「いや、はははは。じつは、客人を招くのは久方ぶりでしてな、気の合う御仁と酒を酌みかわすことほど、楽しいことはござらぬ」

「まことに、さようですな」

「ときに野乃侍どの、お子はおられるのか」

「十四の嗣子と、九つの娘がおります」

「娘御か、羨ましい」

「何の。生意気盛りで、父親を飾り物としかおもっておりませぬ」

「それでもよい。猿が三匹の身としては、羨ましいかぎりだ。立ち入ったことをお聞きいたすが、ご妻女との夫婦仲は良好でござるか」

「まああですが」

と、お茶を濁す。

「それは重畳《ちょうじょう》、妻女はだいじにせねばならぬ。ちなみに、年下かな」

「いいえ、ひとつ年上です」

「お、拙者も同じ。ひとつ目上の蛙《かわず》女房でござるよ。いやはや、これまた奇遇ですな」

「妻は嫂《あによめ》でして。十年前、兄の死で後家となり、片化粧も取れぬうちに弟の嫁にさせられた次第です」

「それはそれは、気苦労も多かったことでしょうな」

「身どもは生来のずぼら者ゆえ、何ひとつ気になりませんでしたが、妻は陰に日向《ひなた》にいじめられておったようです。なれど、十年経てばひと昔、今では陰口を叩く者とておりませぬ」

そもそも、絹は日本橋に店を構えた呉服問屋の娘だった。旗本の正妻にしたいと願った物好きな父親が、三百両の持参金ともども嫁がせたのだ。若い時分は小町娘と評判をとっただけあって縹緻《きりよう》はよい。三十四でふたりの子持ちだが、肌は艶《つや》めき、五つは若くみえる。

義弟の桃之進に請われて妻になったのも、商家の娘ゆえの気安さがあったからに相違ない。当初は、姑の勝代と折りあいが悪かった。勝代にしてみれば、当主となった弟の桃之進に嫂を嫁がせるのは、世間体からいって恥ずかしい。一方では、絹の裕福な実家と縁切りをしたくない。板挟みでせめぎあう気持ちを隠しきれず、嫁と姑は口も利かない日々が長くつづいた。

「すべては、時が解決してくれ申した」

絹は武家の妻女としてのたしなみをおぼえ、今では勝代ともうまくやっている。少し気の強い点を除けば、まずは申し分のない妻女ぶりと言えよう。

ただひとつ、家族のことで気懸かりなのは、元服を控えた梅之進のことだ。実子でないという負い目でもあるのか、あるいは、叔父《おじ》といっしょになった母を疎《うと》ましく感じているのか。日がな一日自室に閉じこもり、難《むずか》しい本を読みふけっている。何日も家族と会話を交わさず、何を考えているのかもわからない。いっこうに心を開こうとしない養嗣子を、正直、桃之進はあつかいかねていた。

「ふうむ、鬱《ふさ》ぎこむのもわからぬではないが、放っておくというのはどうであろう。ちと甘やかしすぎではござらぬか」

梨田が、火照《ほて》った顔で意見してみせた。

眉間に皺《しわ》を寄せると、柔和な顔が求道者のような難しい顔に変わる。

ほほう、これが炎の突きの遣い手、剣客の風貌かと、桃之進はひとりで納得しながら、相手のことばに耳をかたむけた。

「野乃侍どの、拗《す》ねた心を鍛《きた》えなおす手がござる」

「ほう、どのような」

「難しいことではない。道場に放りこめばよろしかろう」

「道場とは剣術の」

「さよう」

「これといった道場がござりますかな」

梨田は自分から水を向けておきながら、難しい顔で言いよどむ。

「あるにはある。されど、故《ゆえ》あって口利きはできかねる」

「道場の名だけでも、お聞かせくださらぬか」

「致し方ない、申しあげよう。深川蛤《はまぐり》町の青龍館《せいりゆうかん》でござる」

「蛤町の青龍館と言えば、東軍流の名門ですな」

「よくご存じでいらっしゃる。もしや、いずくかの流派を極めなされたか」

「極めはいたしませぬが、無外流を少々」

「辻月丹《つじげつたん》の無外流か。ほほ、どうりで。物腰がどことのう、ちがってみえた」

「いやいや、お見込みちがいにござるよ。剣術めいたものを齧った程度の身なれば、ご容赦くだされ。ふうむ、なるほど、青龍館ですか。さっそく、明日にでも放りこんでみるかな」

「館長の村木十内《むらきじゆうない》さまは、拙者が知るかぎり、この江戸に並ぶものなき剣の師にござる。心の上達無くば剣を持つ資格無しと、先生は常日頃から門人に言い聞かせておられます」

「益々、惹かれますな。お知りあいなら、是非ともお口添え願いたいものです」

「さきほども申しあげたとおり、故あってそれができぬ。恥ずかしながら、青龍館を破門された身なのです」

「破門ですか」

「いかにも。されど、遺恨はない。遺恨があれば、館名をお教えしたりはせぬ」

定町廻りの轟三郎兵衛はたしか、梨田六左衛門は「稽古の際にあやまって門人を傷つけ、その日を境に道場を去った」と言った。身を引くのと破門とでは、まったく性質がちがう。

しかし、桃之進は詳しく追及するのをやめた。

「青龍館の門を潜った右手には、ひと叢《むら》の寒椿が植わってござる。門人のなかには『首落ちの木』と忌《い》み嫌う者もあったが、拙者は厳しい寒稽古をつづける合間に、ずいぶん目を楽しませてもらった。今時分はおそらく、咲きほこっておりましょう。ああ、もういちど、愛《め》でてみたいものだ」

遠い目をして、梨田はこぼす。

拠所ない事情があるなと、桃之進は察した。

「野乃侍どの、日頃、鍛《きた》えておられるか」

「いいえ、いっこうに」

「それはいけない。拙者は破門された身なれど、一日たりとも鍛錬《たんれん》を欠かしたことはござらぬぞ。一日千回、本身で素振りをつづけておる」

「せ、千回も」

「無論、いちどにはできぬ。朝昼晩に早朝と深更、二百回ずつを五度に分けてな。ふふ、なあに、慣れればたやすいものでござる。ほれ、ご覧なさい」

梨田は袖を捲《まく》りあげ、太い二の腕をみせつける。

「いや、感銘いたしました」

「されば、貴殿も明日からはじめなされ」

「素振りを、でござるか」

「素振りがお嫌なら、駆けてもよい」

「駆ける」

「ただ漫然と駆けるのではござらぬ。登り坂を選んで駆けのぼり、足腰を鍛えるのです」

「鍛えてどうなります。悪党でも斬りますか」

軽くカマを掛けてやると、梨田はぎろりと眸子《まなこ》を剝いた。

「刀はひとを斬るための道具ではない。冗談でも口に出してはならぬことがある」

手に提げた銚釐を乱暴に置いたので、酒が床にこぼれた。

怒ってみせるすがたが、あまりにもの悲しげで、もしかしたら、ひとを斬ったことがあるのではないかと察せられた。

「立ちませい」

梨田は唐突に叫ぶや、子ども用の短い木刀を拾いあげた。

酔いにまかせ、稽古をつけてやると息巻き、妻女の雅恵が止めるのも聞かず、狭い部屋のなかで木刀を振りはじめる。

「えい、やあ。えい、たあ」

桃之進は仕方なく隣にならび、空手で素振りのまねをしてみせた。

「えい、やあ」

びしっと、木刀で尻を叩かれる。

「腰だ。腰が弱い」

「は、はい」

「突け、ほれ。まっすぐ、心ノ臓を狙《ねら》え」

「はい」

空手にもかかわらず、しばらくすると汗が吹きでてきた。

雅恵は戸口に佇《たたず》み、すまなそうにみつめている。

気づいてみれば、梨田は泣いていた。

滂沱《ぼうだ》と涙を流しながら、短い木刀を振っているのだ。

やがて、子どもたちが泥だらけの顔で戻ってきた。

梨田は木刀を置き、汗を拭くための手拭《てぬぐ》いをくれた。

「お手前は、なかなか筋がいい」

素面《しらふ》に戻った顔で言い、呵々《かか》と大笑する。

「いや、久方ぶりに楽しい時を過ごすことができた。さ、呑みなおそう」

勝手場のほうでは、猿どもが一心不乱に飯を食っている。

「子どもは可愛い。あやつらが一人前になるまで、わしは死ねぬ。石に齧りついてでも、今の役目を全うしなければならぬ」

みずからに、そう言い聞かせ、梨田は酒を呑みつづける。

子どもたちの朗《ほが》らかな笑い声を肴にしつつ、ふたりは剣術談義に花を咲かせた。

さらにまた、桃之進は家族のことを根掘り葉掘り聞かれたが、母と部屋住みの弟のことは伏せておいた。貧乏浪人風情が、それだけの大家族を養えるわけがないのだ。

すっかり歓待され、礼を述べて帰ろうとするたびに「あと少し、あと少し」と、引きとめられた。これを強引に振りきり、桃之進はようやく梨田邸を後にした。

素性を偽ったことが心苦しく、足許はおぼつかない。

頭は冴《さ》えているものの、梨田の流した涙の意味はわからなかった。

「心ノ臓を狙え、か」

頭上の月は蒼白く凍え、冠木門の連なる細道を煌々と照らしていた。

七

大きな人影が月を背に、ゆらりとあらわれた。

「ん」

桃之進は立ちどまり、腰を落として身構える。

愛刀の孫六兼元《まごろくかねもと》は腰にない。よほどのことでもないかぎり、先祖伝来の家宝を易々と持ち歩くわけにはいかなかった。

「お待ちを、葛籠さま。わたしめにござります」

月影に照らされた馬面の主をまじまじとみやれば、配下の馬淵斧次郎にほかならない。

「なんだ、おぬしか」

「葛籠さま、このようなところで何をなさっておられる」

「ひょんな縁で作事方の役人と懇意《こんい》になってな、招かれて馳走になってきたのよ」

「その小汚い浪人風体は、どうなされたのです」

「ああ、これか。たまには食い詰め者の気分でも味わおうとおもってな。ふふ、そう言うおぬしも、何やら妙な風体をしておるではないか」

侍の装束ではない。馬淵は豆絞りの手拭いをかぶり、行商人の恰好をしていた。

「七方出《しちほうで》のひとつ、羅宇《らう》屋にござる」

「何じゃ、そりゃ」

「七変化とお考えくだされ。探索方の変装術にござりますよ。ふふ、拙者は山伏《やまぶし》にもなれば虚無僧《こむそう》にもなる。はたまた、猿楽や放下師、ときに応じては物乞いにも早変わりいたします」

馬淵は自慢げに胸を張る。

何に化けようとも、馬面だけは隠せまい。

「おぬし、奉行所に出仕もせずに、遊んでおるのか」

「およよ、これは驚き桃の木の葛籠桃之進さま。拙者はここ数日来、半次郎殺しを調べておるのでござる」

「わしが命じたわけでもあるまい」

「ええ、命じられてはおりません」

「ならば、どうして」

「暇《ひま》ですから」

悪びれた様子もなく、馬面は平然と言ってのけた。

飄々《ひょうひょう》とした風情が頼もしく、桃之進は嫌いではない。

「そういえば、おぬしは隠密《おんみつ》廻りであったな」

「いかにも」

馬淵は三年前まで奉行直属の隠密廻りをつとめ、酒の密造や古鉄売買や抜け荷といった悪事の探索をおこなっていた。そしてあるとき、根津《ねづ》の岡場所を取り締まる警動に絡み、元凶と目された元締めを取り逃がした一件を調べてゆくなか、奉行所のお偉方が元締めから多額の賄賂《まいない》を受けとっていたことをつきとめた。

お偉方とは今は亡き元年番方筆頭与力、小此木《おこのぎ》監物《けんもつ》のことだ。

保身に走った小此木の差金で馬淵は役を奪われ、金公事蔵へ封じこめられた。それっきり、周囲のみなから忘れさられてしまったが、安島左内とちがって廻り方への異動も願い出ず、拗ね者のように黙《だん》まりをきめこんでいる。

誰からも注目されずに放っておかれる今の立場は、けっこう居心地がよいのではないかと、桃之進は勝手に憶測していた。

ともあれ、探索はお手のものとでも言わんばかりに、馬淵は悠揚と微笑《ほほえ》む。

「葛籠さま、拙者がここにおる理由をお教えいたしましょうか」

「あたりまえだ」

「じつは、御目付赤松弾正《あかまつだんじょう》さまの配下とおぼしき小人《こびと》目付をつけてまいったところ、中御徒町の役人町に行きつきました。ふふ、そやつも羅宇屋に化けておりましてな。どうも、ちかごろは羅宇屋が隠密に人気らしい」

「そんなことはどうでもよい。小人目付はどうした」

桃之進は首を縮《ちぢ》め、周囲をきょろきょろみまわす。

「ご安心くだされ。つけたのは昨日にござります。本日さきほど、あらためて参上したところ、探索すべき役人宅から何と、葛籠さまが千鳥足で出てこられたというわけで」

「経緯はわかった。ちと、歩こう」

「は」

ふたりは肩を並べ、忍川の汀《みぎわ》に沿って歩き、徳大寺の摩利支天像が流れついたという三昧《さんまい》橋に向かった。

「で、何かわかったか」

「はい。半次郎殺しには、黒駒《くろこま》の伊平《いへい》がからんでおります」

「誰だ、そやつは」

「池之端《いけのはた》一帯を縄張りにする地廻りでござる」

半次郎は半年前まで、伊平のもとに草鞋《わらじ》を脱いでいた。根無し草の渡り鳥も同然だったが、伊平に可愛がられ、黒門町《くろもんちょう》の裏長屋に住まいまであてがわれていたという。

「伊平には恩があります。それをどうやら、仇《あだ》で返した」

縄張り内で勝手にいかさま博打をやったとか、そういったたぐいのことだ。

伊平は手下どもに向かって「半次郎を殺《や》れ」と、口から泡を飛ばしていた。

「公然と殺しを口にする者が、実際に殺らせるかな」

「仰るとおりでござる。伊平が殺しに関わったにせよ、半次郎が殺られた理由は別にある。死なねばならぬ明確な理由があったと、拙者は睨《にら》んでおります」

「なるほど、それを探っておるのだな」

「御意」

「何かみつかったか」

「ちと気になることが」

「ほう」

柳が枯れ枝を、蓬髪《ほうはつ》のように靡《なび》かせている。

ふたりは、橋の手前で立ちどまった。

「霊岸島で火事があった晩、火元の近くで付け火をみた者がおります」

場所は白銀《しろがね》町の露地裏、裏長屋の大家が不審火をみつけ、急いで火を消しとめた。

そのとき、尻尾を丸めて逃げだした怪しい男の風貌を、大家は眸子に焼きつけてい

「下手人は半端者風の優男《やさおとこ》、拙者が半次郎の似面絵をみせたところ、大家はまちがいないと太鼓判を押しました。その大家は火事の翌日、奉行所にこれこれしかじかと訴えでたそうです。解《げ》せぬのは、訴えがいつのまにか、うやむやにされてしまったことでござる」

付け火に関しては、轟三郎兵衛も怪しい男を目撃した者の噂を小耳に挟んでいた。

しかしながら、その後は進展もなければ、調べられた形跡もない。

馬淵が食いつかなかったら、付け火の嫌疑は浮上してこなかったであろう。

「付け火は人心に不安を与えます。上のほうにそうした配慮があったにせよ、臭いものに蓋《ふた》をする行為は許せませぬな」

「蓋をしたのは誰だ」

「今、それを調べております」

馬淵は、さも嬉しそうに口をすぼめる。

役人の悪事不正を暴くのが、三度の飯よりも好きらしい。

すっぽんなみの馬淵に食いつかれたら、かなわぬなと、桃之進は他人事《ひとごと》ながらおもった。

「ところで葛籠さま、肝心の梨田六左衛門に関してですが」

「ふむ、おぬしのことだ。ある程度は調べたのであろう」

「はあ」

「それなら、小人目付が梨田を探っている理由も察しておるのか」

「はい。殺された半次郎の遺した台詞は、百石手鼻の東軍流でござりましたな。梨田六左衛門は同流の免状持ち、しかも、突きの名人とか」

「それよ」

「やはり、葛籠さまも探索が狙いで近づかれましたか。ふほ、下手人の懐中に飛びこむとは大胆なことをなされる」

それはちがうと、説明するも面倒臭い。

「腹が減った。蕎麦《そば》でもたぐるか」

「なれば、三味橋を渡ったさきにまいりましょう」

ふたりは川面に泳ぐ月を愛でつつ、冷たい風の吹きぬける三味橋を渡った。

すると、四つ辻の暗がりから「ちりん、ちりん」と、屋台蕎麦の奏《かな》でる風鈴の音色が聞こえてきた。

八

翌朝は、雪催《もよ》いの寒い日になった。

桃之進は黒羽織の襟《えり》を寄せ、深川の蛤町に向かった。

鎧橋の舟寄せから猪牙をしたてたほうが何倍も早かったが、あまりにも寒いので徒歩でやってきた。蛤町は仙台《せんだい》堀に沿って東にすすみ、海辺《うみべ》橋とも称する正覚寺《しょうかくじ》橋を過ぎたところにある。

めざすは青龍館、大石内蔵助《おおいしくらのすけ》も修めたという東軍流の聖域だ。

かなり名の知られた道場だが、わざわざ足を運んだことはない。

訪れてみればこぢんまりとしており、見過ごしてしまいかねないほどだった。威勢のよい掛け声は聞こえてくるものの、門人の数もさほど多くはないようで、寂《さび》れた雰囲気すら感じられた。

振りあおげば、墨文字の消えかかった古い看板が掛かっている。

梨田が言ったとおり、門をくぐると右手脇に、ひと叢の寒椿が咲いていた。

深紅の花弁が艶めきながら、訪れた者を吟味《ぎんみ》するかのようにみつめている。

綿雪でも枝に積もれば、さぞかし風情があるだろうにと、桃之進はおもった。

案内する者も見あたらないので奥へすすみ、稽古場の入り口からがらんとした板の間を覗《のぞ》いてみた。

打ちこみ稽古をしている門人たちがちらほらいて、顔色のすぐれない枯れ木のような老人がひとり、軸の掛かった壁を背にして座っている。

館長の村木十内にちがいないと察せられた。

最初が肝心とばかりに、桃之進は腹から声を搾《しぼ》りだす。

「たのもう」

あまりの大音声に門人たちは驚き、一斉にこちらを向いた。

村木だけは微動だにせず、すさまじい形相《ぎょうそう》で睨《にら》みつける。

「何者かっ」

修験者のごとく、一喝《いっかつ》してみせた。

桃之進は負けじと、臍下《せいか》丹田《たんでん》に力を込める。

「拙者は葛籠桃之進、八丁堀に住む貧乏旗本でござる」

「何の用かっ」

「ちと遠すぎてのどが痛い。あがっても構いませぬか」

「いいや、わしが参る」

村木はすっと立ち、狂言師のごとく股立《ももだ》ちを取るや、滑《すべ》るように身を寄せてきた。

「さあ、参ったぞ。ご用件は」

高飛車な態度にかちんときたが、ぐっと怺《こら》える。

「じつは、わが子を預かっていただけませぬか」

「入門させたいと仰るか」

「いかにも。嗣子梅之進は部屋に籠もったきり、家人と口も利きたがりませぬ。こちらの道場でひ弱な精神を鍛えなおしていただけぬものかと、参上つかまつりました」

「ご苦労様でござる。なれど、ご希望には応じられぬ。当館は今、侍の師弟は受けつけておりませぬゆえ、どうかお引きとりを」

「さようでしたか。それは残念」

落胆したように装うと、村木の口調は同情の籠《こ》もったものに変わった。

「ちなみにお聞きいたすが、どなたかの口利きでお越しか」

「はい。梨田六左衛門どのより、先生のご高名を伺いました」

「なに、梨田六左衛門じゃと」

村木は、黄色く濁った眸子を剝いた。

「嘘を申すな。六左衛門が口利きなどするはずはない」

「なぜ、そう断じられる」

「破門にした男じゃ」

苦しげに吐きすて、村木は顎を震わせた。

やはり何か、よほどの事情があったらしい。

弟子たちは尋常ならざる気配を察し、道場の隅にかしこまった。

「六左衛門め」

村木はがっくり膝をつき、両手で顔を覆《おお》ってしまう。

桃之進は屈《かが》みこみ、震える肩に優しく手を置いた。

「差しつかえなければ、破門の理由、お聞かせ願えませぬか」

村木は魂の抜けたような面で頷き、背中を丸めて奥へ向かう。

正面の掛け軸には『忍』の一文字が大書されてあった。

東軍流と関わりの深い忍藩《おし》の忍か、それとも、ひたすら耐え忍ぶという教えからくるものなのか、想像を膨《ふく》らませても邪推の域を出ない。

道場脇の辛気《しんき》臭い部屋に案内されると、門人のひとりが茶を運んできてくれた。

温《ぬる》い茶をずるっと啜《すす》り、相手にはなしのきっかけを与える。

村木は背筋を伸ばし、ぼそっとこぼした。

「梨田六左衛門は拙者の高弟であり、娘婿でもありました」

「え、娘婿ですか」

桃之進は、狆に似た妻女を浮かべた。

「一人娘の名は、雅恵と申します。六年前、三人目の孫を身籠もっていたにもかかわらず、父娘の縁を切りました。破門せざるを得なかった梨田に『死んでも従いてゆきたい』と申すもので、致し方なかったのでござる」

梨田は破門してから今まで、一度も道場を訪ねてきたことはない。一方、雅恵のほうは孫を伴って何度か訪れたが、心の狭い自分がいずれも追いかえしたと、村木は嘆《なげ》いた。

孫に会いたい。孫たちといっしょに暮らしたい。

本心を押し隠し、孤独な老骨は細々と道場を守ってきたのだ。

「ちょうど、今時分の季節でござった。六法者《ろっぽうもの》風の若侍がふらりとあらわれ、道場破りをしていきよった。拙者も六左衛門も留守にしておりましてな」

若侍は門人数名を木刀で打ちすえ、そのうち一名を竹刀の握れぬからだにしたあげく、看板を奪って去った。

「初心者のごとき門人だけを打ちまかし、何が道場破りか。事の一部始終を聞き、怒り心頭に発した六左衛門は、拙者の制止も聞かずに表へ飛びだしました。若侍の所在を探りだし、決闘を申しこむや、双方了解のうえで三日後の夕刻、真剣での果たしあいを取りおこなったのでござる」

雪のしんしんと降る夕暮れだった。名も無き荒れ寺の境内に集った敵は五名、命を惜《お》しんだ若侍は卑怯にも、無頼の助っ人を呼びよせたのだ。

対するは梨田ただひとり、白鉢巻きに襷《たすき》掛けをほどこしたすがたは、それは凜々しいものであったという。

じつは、門人のひとりが顚末《てんまつ》を確かめるべく、物陰から様子を窺《うかが》っていた。

それによって、村木も事の一部始終を知ることができたのだという。

梨田は「炎の突き」で知られた剣客であったが、このときの申しあいでは、じつに多彩な技を繰りだした。

受けずにひたすら押しまくり、まずは、ひとり目の籠手《こて》を断った。

ふたり目は脇胴を抜き、三人目は胸と脳天に二太刀浴びせた。

四人目とは鍔《つば》迫りあいのすえ、長刀をまっぷたつに折られた。

梨田は地べたに転がり、咄嗟《とっさ》に脇差を抜いた。

そして相手の臑《すね》を刈り、組みついて喉笛《のどぶえ》を掻っきった。

修羅場で奮戦する足軽をみているようであったという。

およそ、流麗さとは対極にある命の取りあいだった。

生死を賭した闘いとは、本来、そうしたものであろう。

梨田は脇差を片手青眼に構え、若侍に対峙《たいじ》した。

若侍はこのとき、笑みすら浮かべていたらしい。

闘っていないも同然なので、息はあがっていない。しかも、三尺に近い刀を握っている。対する梨田は一尺五寸に満たない脇差を握り、肩で息をしているのだ。おのずと勝負は決したと、そうおもったにちがいない。

誰の目でみても、勝負は決したやにおもわれた。

が、東軍流は小太刀富田《とだ》流の流れを汲む。そのことを、傲慢不遜《ごうがんふそん》な若侍は見過ごしていた。

梨田は地を這うように迫り、心ノ臓を狙って一直線に白刃を突いた。

若侍にしてみれば、みずからの影が意志をもち、突如、立ちむかってきたかのようであったろう。

乾坤一擲《けんこんいってき》の突きを避ける術《すべ》はない。

断末魔の叫びをあげ、若侍は屍骸となって転がった。

「六左衛門は、血に染まった看板を抱えて戻りました。当道場ではいかなる事情があろうとも、真剣での果たしあいは禁じられております。六左衛門は掟《おきて》を破った。ゆえに、拙者はその場で破門を告げ、爾来《じらい》、邂逅《かいこう》を果たす機会を逸しておるのです。すまぬ、よくやったと、慰労のことばひとつ掛けてやれぬことが、どれだけ口惜《くちお》しいことか。このままでは、死んでも死にきれぬ。心底から礼を述べ、心の狭い自分を許してもらいたい」

老骨は目に涙を溜め、口をへの字にまげて食いしばる。

同情を禁じ得ないはなしだが、道場を守りたければ、掟を破ることはできない。剣客でいるかぎり、生きざまは枉《ま》げられぬ。試練と言うにはあまりに過酷な試練を、みずからに課してしまったのだ。

村木は何か言いかけ、口を噤《つぐ》んだ。

「やめておこう。ちと喋《しゃべ》りすぎた。貴殿に告げたところで、何がどうなるというわけでもない」

ほかにも、喋りたいことがあるのだ。

桃之進は敢えて聞こうともせず、鉛を呑みこんだような気分で青龍館を辞去した。

九

うららかな冬日和、霊岸島の焼け跡には子どもたちの歓声が響いている。

大神宮の境内のみならず、お救い小屋は随所にでき、家を失った人々が住むための棟割長屋《むねわりながや》も建ってきた。炎に覆われて沸騰した新川の水面には、真鴨《まがも》の親子が呑気に泳いでいる。

「別れ鴉のおっちゃん、芋汁をちょうだいな」

青洟《あおばな》を垂らした幼子にせっつかれ、桃之進は大鍋からせっせと汁をよそった。

同情と憐憫《れんびん》からはじまった行動であったが、今は心地よい喧噪《けんそう》に浸《ひた》りたいがために通っている。

焼け跡には旺盛な活力と一体感があった。

誰もが他人を労《いたわ》り、励《はげ》まそうとし、復興というひとつの目標に向かって突きすすんでいる。

そうしたなかに身を置くと、日頃の鬱陶《うっとう》しさから解き放たれた気分になった。

日がな一日、黴《かび》臭い蔵に籠もってなどいられるか。

「まっぴらごめんだ」

半次郎殺しについては、これといった進展もない。

心の片隅ではむしろ、進展しないことをのぞんでいた。

梨田六左衛門が青龍館を破門された経緯を聞き、そのおもいは強くなった。

梨田が下手人とわかってしまえば、心は穏やかでなくなる。放っておくか、対峙するかの選択を迫られるであろう。立ちあうことになるやもしれない。それだけは避けたかった。梨田を斬りたくはないし、梨田に斬られたくもない。

「別人であってくれ」

そう願いながら芋汁をよそっていると、黒焦げになった鳥居のほうから、煌《きら》びやかな一団が練り歩いてきた。

「御作事奉行、蜷川摂津守《にながわせっつのかみ》さまのおなりじゃ。退《ひ》け退け、頭《ず》が高い」

先触れの供人が駆けよせ、大声で叫びまわる。

どうやら視察におもむいたらしいが、本人は陸尺《ろくしゃく》の担ぐ網代駕籠《あじろかご》に乗っていた。

駕籠の前後左右に仰々しい装束の用人たちが従い、まるで、大名行列の一部を切りとってきたかのようだ。が、一団を先導するのは槍持ちの奴ではなく、醜《みにく》いほど肥えた商人であった。

「来やがったぜ、偉そうな猪豚野郎《いのぶた》がよ」

焼けだされた連中が、敵意丸出しの眼差しを向ける。

桃之進は、みすぼらしい風体の嬶《かか》ぁに尋ねてみた。

「誰なんだ、あれは」

「紀ノ屋周五郎《きのやしゆうごろう》だよ。知らないのかい。お江戸で五指にはいる深川の材木商さ。おおかた、餅《もち》でもばらまきにきたんだろう」

「餅を」

「そうだよ。施《ほどこ》しのつもりだろうが、こちとら騙《だま》されやしないよ。焼け跡に建つ建物は、みいんな紀ノ屋の材木でつくるんだ。みてみな、焼け太りのおかげであんなに肥えちまってる。ふん、ばらまくんなら餅じゃなしに、小判をばらまけってんだ」

「おう、そうだ、そうだ」

周囲の連中も同調し、怒りの拳《こぶし》を突きあげる。

そこへ、強面《こわもて》の用人どもが駆け寄せてきた。

「そこで何を騒いでおる。風紀をみだす者は、この場で成敗いたすぞ」

刀の柄に手を掛けられれば、黙るしかない。

嬶ぁたちの歯軋《ぎし》りが聞こえてきた。

それでも、我慢できない若造が悪態を吐《つ》く。

「けっ、いい気なもんだぜ」

「あんだと。おい、そこの若造、ちょっと来い」

気色《けしき》ばむ用人に腕をつかまれ、若造が引きずられてゆく。

桃之進はゆらりと身を寄せ、用人のまえに立ちはだかった。

「放してやれ。まだ十八、九の若造だ」

「何じゃ、おぬしゃ」

眸子を剝く用人はよほど短気な男らしく、顔じゅう真《ま》っ赤《か》に染めて怒りあげる。

助け船を出したのは、紀ノ屋周五郎であった。

「よしなされ。揉め事はいけません」

気づいてみれば、紀ノ屋は腕に子犬を抱いていた。

「狆だな。よくよく縁があるらしい」

桃之進が吐きすてると、紀ノ屋は腫れぼったい目尻を下げた。

「この子は太郎丸《たろうまる》というてな、ちゃんと名がある。おまえさんはみたところ、食い詰め浪人のようだが、名はあるのかね。ぬほほ、戯《ざ》れ言さ。真に受けては困りますよ」

紀ノ屋はそう言い、懐中から分厚い財布を取りだした。

つっと近づくと、桃之進の懐中に財布を丸ごと差しこんでみせる。

「何だこれは」

「遠慮いたすな。みなで分けるがよい」

商人の分際で生意気な口を利き、笑いながら遠ざかってゆく。

斬ってやろうかとおもったが、どうにか踏みとどまった。

「おい、莫迦にするな」

財布を投げつけてやると、山吹色の小判があたりに散らばった。

「お宝だ」

誰かひとりが叫んだ途端、貧乏人どもが我先に群がってゆく。

そうしたあいだにも、作事奉行の摂津守はひととおりの視察を終え、鳥居のほうへ去っていった。

「奉行のやつ、いちども駕籠から降りなかったぜ」

横柄で横着な連中にたいして、桃之進は本心から殺意をおぼえた。

偉《えら》そうな一行が去った直後、半端者の怒声が聞こえてきた。

「この野郎、てめえに食わせる芋なんぞねえ。とっとと消えやがれ」

柊のそばだ。

人相の悪い地廻りの連中が、初老の男に殴る蹴るの暴行をくわえている。

周囲には、物見高い人垣ができつつあった。

桃之進も大鍋のそばを離れ、急いで足を向ける。

「こいつは、白銀町の裏店《うらだな》を預かっていた大家の吉蔵《きちぞう》だ。顔を見知っている者も多かろう。ご存じのとおり、六日知らずのどけち野郎さ。店子《たなこ》の尻を借りて百姓に糞を売り、糞金をせっせと貯めこんだあげく、お上に隠れて高利貸しまでやっていた。ところがどっこい、こんどの火事で一文無しになっちまったのさ。ざまあみろってんだ。へへ、皆の衆、惨《みじ》めな大家の成れの果てをようくみておきな」

ばすっと腹を蹴る鈍い音がし、吉蔵らしき男の呻《うめ》き声がつづく。

柊の木陰をみやれば、黒羽織に小銀杏髷《こいちょうまげ》の同心がひとり立っていた。

ごろつきどもの蛮行を止めもせず、高みの見物としゃれこんでいる。

桃之進は溜息を吐きながら、柊のほうへ近づいていった。

「おい、おぬし、十手持ちか」

「ああ、それがどうした」

「眺めておらずに、助けてやったらどうだ」

「うるせえ、食い詰め野郎が首を突っこむんじゃねえ」

小銀杏髷は木陰から身を乗りだし、眉間に青筋を立てる。

大男だ。丈は六尺はあろう。横幅もあり、二の腕は太い。

「ふん、紀ノ屋になめられたお節介野郎か。みていたぜ。金を恵んでもらって、さぞ口惜しかったろうよ。てめえは玉無しだ。あれだけ莫迦にされても、紀ノ屋を斬る勇気がなかったんだからな。おれなら、斬りすててやったぜ」

桃之進は怯《ひる》んだが、見透かされぬように大声を発した。

「わしのことはどうでもいい。こっちを何とかしろ」

「何ともできねえなあ」

「どうして」

「気が乗らぬからさ」

平然とうそぶき、同心はぺっと唾《つば》を吐く。

桃之進は粘った。

「いかなる理由があろうとも、大勢でひとりを痛めつけるのはよくない。十手持ちのおぬしが助けずして、誰が助ける」

「玉無しの根性無しが、犬飼新悟《いぬかいしんご》さまに意見する気か」

「おぬしが誰で、どれだけの者か、わしは知らん」

「北町奉行所風烈見廻り同心、犬飼新悟さまを知らぬのか」

「ああ、知らぬ」

「ならば、教えてやろう」

犬飼は背帯から房十手を引きぬき、桃之進の鼻先に突きつけた。

「うっ」

どうも、今日は災難つづきだ。

これこれしかじかと素性をばらしてもよかったが、人垣を築く人々の眼差しが一斉に注がれている。吉蔵に暴力を振るっていた連中までが、こちらの様子を注視していた。

背中に熱い眼差しを感じ、当面は浪人のままでいようときめた。

「わしを、どうする気だ」

「さあて、どうしようかな」

犬飼は十手を引っこめ、薄い唇をぺろりと舐める。

残忍そうな笑みを浮かべ、突如、本身を抜きはなった。

「りゃお……っ」

気合一声、片手持ちの青眼から、白刃がぐんと伸びあがってくる。

鋭い突きだ。

太刀筋はみえたが、下手に動くこともできない。

尖《とが》った先端が刃風を唸《うな》らせ、右の頰をぴっと裂いた。

犬飼は鮮やかな手さばきで本身を鞘《さや》におさめ、何事もなかったように嘲笑《あざわら》う。

「ふふ、玉無しめ、ちびったか」

桃之進は頰に垂れる血を舐め、涼しい眼差しで応じた。

「ちびる暇《ひま》もなかった。おぬし、かなりの手練《てだ》れだな」

「斬られかけたのに、ふざけたことを抜かす。よほどの阿呆《あほう》か、大人物か。どっちにしろ、風変わりなやつだ」

「その突き、どこでおぼえた」

「付け焼き刃ではないぞ。鍛錬のたまものよ。わしは無敵《むてき》流の免状持ち、生半可な不浄役人とはどだい、ものがちがう」

「なるほど、ようわかった」

自慢をするやつは底が知れている。相手が阿呆だとおもえば腹も立たない。

「野良犬に何がわかる。ふん、まあよい。今日のところは見逃してやる」

犬飼は袖をひらりと翻《ひるがえ》し、大股で焼けた鳥居に向かってゆく。

地廻りの連中も呼応し、傷だらけの吉蔵を残して立ち去った。

誰ひとり、助け起こそうとする者はいない。

人垣は崩れ、弥次馬たちは散った。

「けっ、お上の犬どもめ」

吉蔵は身の安全を確かめ、負け犬のように吠えた。

桃之進のもとへ這いずり、脚にしがみついてくる。

「旦那、ありがとうございます。おかげさまで助かりました」

「わかったから、放してくれ」

「いやです。放したくない」

「弱った男だな。おぬし、ほんとうに大家だったのか」

「店子には慕《した》われておりました。なるほど、ほんの少し意地の悪いところがあったかもしれない。高利貸しまがいのこともやってはいた。でもね、旦那、わたしを親代わりだと言ってくれる店子もいたんですよ」

火事で何もかも失った途端、みんな後ろを向いた。

「こんなふうに痛めつけられても、誰ひとり助けちゃくれません。世間ってのは冷たい。そいつが身に沁《し》みてわかりました。見ず知らずの旦那だけが、わたしのためにからだを張ってくれた」

「そんな大袈裟なものではない」

「いいえ、旦那。あらあら、斬られちまって、顔じゅう血だらけですよ。これで拭いてください」

薄汚れた手拭いを渡され、桃之進は顔を拭いた。

裂かれた頰の傷は浅いが、ひりひりと痛む。

疼《うず》きは口惜しさを呼び起こし、犬飼新悟という同心が親の仇《かたき》のようにおもわれてくる。いまさら遅い。

「こんちくしょう。まとまった金さえあれば、すぐにでも旦那を雇《やと》うんだが」

「雇ってどうする」

「きまっておりましょう。黒駒一家を懲《こ》らしめてもらうんですよ」

「黒駒一家だと」

桃之進は仁王立ちになり、吉蔵を睨みつける。

「そいつは、池之端の地廻りか」

「へえ。それが何か」

「どうして、連中に痛めつけられたのだ」

「おおかた、訴人をやったからでしょうよ」

「訴人」

「わたしは、この目で付け火をやった野郎をみたんです。それをお上に訴えたら、どうしたわけか、黒駒一家の連中に睨《にら》まれるようになった。さっきの犬飼って役人、あいつが、ごろつきどもを手懐けているんですよ」

桃之進は、納得顔で頷《うなず》いた。

「そうか。半次郎をみた大家というのは、おぬしか」

「え、何のことでしょう」

「いいや、こっちのはなしだ。しかし、わからぬ。黒駒一家の連中がどうして、付け火を訴えたおぬしを痛めつけねばならぬのだ」

「はっきりとはわかりませんがね、復興を裏で仕切っているのが黒駒一家なので、その関わりかもしれません」

「待て。復興を裏で仕切るとは、どういうことだ」

「旦那は、何ひとつわかっちゃいないんだね」

黒駒一家は五穀を集め、お救い小屋へ供する役目を負っている。のみならず、焼け跡の地均《じなら》しや大工左官の手配なども請け負っており、幕府の作事方とは腐れ縁で結ばれていた。

「御作事方とも関わりがあるのか」

「あるもある。おおありですよ」

それならば、作事下奉行の梨田六左衛門と黒駒一家の接点も、おのずと浮かんでくるはずだ。

落ちぶれ者の吉蔵は、訳知り顔でつづけた。

「黒駒一家は汚れ仕事を一手に引きうけ、表には容易に出てきません。復興の表看板はあくまでも、紀ノ屋周五郎なんですよ」

紀ノ屋は紀州藩の御用達《ごようたし》でもある。悪事の臭いがぷんぷんしてきた。

考えてみれば、復興事業は利権そのものだ。特定の大商人に牛耳《ぎゅうじ》られているのだとすれば、不正を疑わないほうがおかしい。

半次郎殺しの背景には、想像以上に大きな悪事が控えているのかもしれない。

何はともあれ、犬飼新悟の突きを体感できたことは収穫だったと、桃之進はおもった。

十

丸二日降りつづいた雪が、町を白装束に衣替えさせた。

さすがに復興の速度は落ちたが、槌音は力強く響いている。

「小腹が空いたな。ちょいと付きあえ」

桃之進は不満顔の安島左内を留守番に残し、馬淵斧次郎ひとりを誘って金公事蔵を出た。

「たぐってやろう」

身振りも交えてそう言い、呉服橋を渡って向かったさきは『一石庵《いっこくあん》』という馴染《なじ》みの蕎麦屋だ。

暖簾を振りわけて床几《しょうぎ》に座り、蕎麦と燗酒を注文する。

馬淵は下戸なので、番茶を所望した。

「安島の膨《ふく》れ面、可笑しかったな。あやつは食い意地が張っておるから、恨《うら》みにおもったにちがいない」

「一石庵に行くのかと、必死の形相で食いさがってまいりました。されど、膨れ面の理由は蕎麦のみにあらず。こたびは活躍の場を与えてもらえぬゆえ、少しばかり拗ねているのでござります」

「ふうん。自分は出世とは無縁の落ちこぼれ。意気地もなければ、覇気もない。他人のお節介は焼かず、面倒事は避けてとおるのが宮仕えの手管だなどと、常日頃から嘯《うそぶ》いておる男が仲間に入れてもらえず、拗ねておるというのか」

「はい」

「ふはっ。当面は放っておくか」

「葛籠さまも存外に、意地の悪いお方ですな」

蕎麦がきた。

馬淵は待ちきれず、床几に笊《ざる》が置かれた途端にたぐりはじめる。

「おいおい、飢餓《きが》海峡を渡ってきたのか」

桃之進は燗酒を手酌で注ぎ、たてつづけに三杯まで呷《あお》った。

熱いものが胃袋に染みわたり、からだの芯まで暖めてくれる。

「やはり、これだな」

蟒蛇《うわばみ》の安島ならば陽気に応じ、空になった銚子が何本も転がるところだ。

馬淵は陰に籠もって無駄口を叩かないので、酒の相手としてはつまらない。何から何まで好対照だが、ふたりとも胸の奥底には、ままならぬこの世への名状しがたい怒りを溜めこんでいた。

馬淵が元隠密廻りなら、安島も三年前まで人足寄場詰めに任じられていた。あるとき、水玉人足が殺された一件を調べてゆくなか、人足頭とつるんで私腹を肥やすお偉方の存在に気づき、厳しく追及する姿勢をとった。それが裏目に出て、役目を干された。馬淵同様、筋を通そうとしたがために、金公事蔵へ封じこめられたのである。

ふたりには意地も矜持《きょうじ》もあったが、養うべき家族も抱えていた。扶持米を失うことと天秤に掛け、牙を抜かれた山狗《やまいぬ》になる道を選ばざるを得なかった。

が、もはや、ふたりの共通の敵であった小此木監物はこの世にいない。桃之進とともに不正を暴き、密かに裁きの場へ投じてやった。この一件以来、三人のあいだには絆《きずな》のようなものが芽生えつつある。

「わしもな、安島の気持ちは痛いほどわかる。好奇心の強いほうでもないし、世話焼きな性分でもない。要領が悪いので出世は早々にあきらめたし、御勘定所ではのうらく者と莫迦にされておった」

「座右の銘は、君子危うきに近寄らず、でござりましたな」

「そのとおり。十余年ものあいだ、左様、然《しか》らば、ごもっとも、そうでござるか、しかと存ぜぬと、同じ台詞を繰りかえしておったら、すっかり負け犬根性が身についてしまった。されどな、そこを突きぬけるとまた、別の世界がみえてくる。他人の目など気にせずに、みずからの生き方を全うする。それこそが何よりもまして、楽しいことだとおもえてくる」

「安島は、まだわかっておらぬようです。金公事蔵から早く出たい、外廻りに戻りたいと、機会をとらまえては年番方に伺《うかが》いをあげておりますからな」

「表に出れば、何かと軋轢《あつれき》も生じよう。芥溜におるからかえって自由に動きまわれるのに、あやつはまだ娑婆《しゃば》に未練があるのだな」

「未練が生じたのは、小此木監物を処断してからにござります」

「表舞台で堂々と十手を使いたくなったか。察するにどうやら、安島は厄介《やっかい》なものを胸に抱えちまったらしい」

「葛籠さま、厄介なものとは何でござりましょう」

「正義だ。わしら木っ端役人にとって、これほど厄介なものはなかろうがよ」

「まことに、さようですな」

馬渕はにたりと笑い、蕎麦湯を啜《すす》る。

ところで、半次郎殺しに関しては、元隠密廻りの探索によっていくつかわかったことがあった。

まず、吉蔵の訴えを斥《しりぞ》けた張本人は、風烈見廻り同心の犬飼新悟であったこと。犬飼は黒駒の伊平から、たんまりと袖の下を貰っており、材木商の紀ノ屋とも通じているらしいこと。紀ノ屋周五郎は復興の利権を確実なものとするために、作事奉行の蜷川摂津守を接待漬けにしていること。

「これは憶測の域を出ませんが」

と断り、馬渕は声をひそめる。

「筒取りの半次郎は伊平に命じられて付け火をやり、口封じのために消されたのではないかと」

「ふむ」

それらを重ねあわせると、大筋がみえてくる。

「悪徳商人と作事奉行が手を組み、焼け太りを狙って小者に付け火をやらせた。どうだ、この筋は」

「信じられませぬな。事実だとすれば、とうてい許すことはできません」

「ほらな、それが正義よ」

「なるほど。いずれにしろ、確固たる証拠をつかむのは難しそうですな」

馬淵は蕎麦湯を啜り、ふうっと溜息を吐いた。

するとそこへ、見知った顔が興奮の面持ちであらわれた。

「やはり、こちらでしたか」

定町廻りの轟三郎兵衛である。

「蔵を訪ねたら、安島どのが蕎麦を食う仕草をなされたので」

「どうした、何かあったのか」

「梨田六左衛門が捕縛されましたぞ」

「なに、それはまことか」

桃之進は、口を盃に近づけたまま固まった。

「今朝早く、赤松弾正さまの御役宅へ引かれていった模様です」

「どうしてわかったのだ」

「目付筋から通達がありました。これにて一件落着の見込みゆえ、半次郎殺しの探索にはおよばずと」

「手を引けということか」

「そうとも受けとられます。されど、梨田六左衛門が下手人であることは動かしがたいものと考えますが」

「どうして」

「じつは、殺しを目にした者が出てまいったのです」

「今頃になって、証人があらわれたと」

「はい。訴えたのは、火事で焼けた裏店で大家をやっていた男だとか」

「まさか、吉蔵ではなかろうな」

「いかにも。よくご存じで」

「ちっ、あやつ。脅《おど》されたか金をつかまされたかして、嘘の証言を吐いたな」

「どういうことです」

「北町奉行所にも、悪党がいるということさ。お上の顔に平気で泥を塗る不浄役人がな」

桃之進は、お救い小屋での一件を教えてやった。

「なるほど、犬飼新悟どのなら、やりかねませんね。なにせ、よい噂を聞いたことがない。吉蔵に偽りの証言をさせることくらい、お手のものでしょう。されど、事実なら、とうてい看過できるはなしではござらぬ」

「どうするのだ」

「犬飼どのをつかまえ、直に糺《じか》すしかござりますまい」

「阿呆。はぐらかされるにきまっておろうが」

「されば、成敗いたしますか」

「性急なやつだな。あの突きを躱《かわ》すのは容易でないぞ」

「もしや、頬の傷は犬飼どのに斬られたのですか」

「そうだが」

「同心が与力を傷つけた。それだけでも、重い罪に問われますぞ」

「つまらぬ。そんなことで裁けば、本来の悪事が隠されてしまう」

「ふうむ」

三郎兵衛は腕を組み、難しい顔をつくった。

「葛籠さま。半次郎の口を封じたのは、犬飼どのやもしれませぬ」

「それよ。わしも内心では、そうであればと願っておる」

「梨田六左衛門は、濡れ衣を着せられた公算が大だな。ふうむ、どうなされます。御目付の御屋敷にて囚われの身となった以上、町方には指一本触れることができませぬぞ」

「時や遅しの観は否めぬな」

「されど、黙って見過ごせば武士が廃《すた》る。葛籠さまは、一飯の恩義がおありなのでしょう」

「ある、たしかにな」

「されば、見殺しにはできますまい」

「無理を言うな。ともあれ、救う手だてを考えよう」

桃之進は三郎兵衛を床几に差し招き、蕎麦と燗酒の追加を注文した。

十一

目付の赤松弾正は職禄一千石、家禄四千石の大身旗本である。

本丸の徒士頭《かちがしら》をつとめたときに頭角をあらわし、三十路なかばの若輩者にもかかわらず、若年寄の田沼意知《たぬまおきとも》によって目付に抜擢された。意知は老中首座をつとめる田沼意次《おきつぐ》の嗣子、権勢ならぶものなき田沼父子のめがねにかなったとなれば、出世はおもうがままだ。

順当ならば町奉行に出世し、幸運に恵まれて万石大名の仲間入りとなれば寺社奉行の芽もある。あわよくば、老中まで昇りつめることも夢ではない。出世双六《すごろく》なら、老中であがりとなるわけだが、いずれにしろ、幕臣の誰もが夢に描く出世街道を、赤松弾正は突きすすんでいるところであった。

目付とは幕臣を監視する憎《にく》まれ役、老中や若年寄から直《じか》に命を受け、多大な権限を与えられている。恐いものなしで態度は大きく、ふんぞり返っていた。何人かいる目付のなかでもっとも若い赤松はことにその傾向が強く、癇癪《かんしゃく》持ちゆえか、いつも額に青筋を立てている。

裁きはやや慎重さを欠き、手柄を得んがために、疑わしき者をつぎからつぎへと捕縛させる。そして、責め苦を与えてでも自白させ、手っ取り早く罪を確定させようとした。捕まえた当人は切腹、家名は断絶の憂き目をこうむったところで、一片の憐憫《れんびん》もかたむけない。そのあたりの非情さは徹底しており、面《つら》の皮の厚さは一級品との評もあった。

どう考えても、町方風情が対等に渡りあえる相手ではない。

ところが、桃之進は尻込みするどころか、ひと泡吹かせてやろうなどと、埒《らち》もないことを考えている。どのみち、赤松弾正を籠絡しないかぎり、梨田六左衛門の身柄は自由にならない。

桃之進は、赤松の弱点を探らせた。

「ひとつ、耳寄りのはなしがございます」

得意満面の顔を寄せてきたのは、意外にも安島左内であった。

「三方一両損の名裁き、交渉事なら拙者《せ》におまかせを」

ぽんと胸を叩いたそばから、激しく咳きこむ。

いかにも頼りない風情だが、はなしを聞いて桃之進は膝を打った。

「なるほど、やってみる価値はありそうだな」

「ではさっそく、目通りの伺いを立てましょう」

策を講じるための準備を済ませて待つこと三日、予想どおり、先方から内々に呼びだしが掛かった。

桃之進は安島をともない、駿河台《するがだい》の甲賀《こうが》坂にある赤松弾正邸に向かった。

さすがに、家禄四千石の旗本屋敷だけのことはある。

二千坪はあろうかという敷地は築地《ついじ》塀にぐるりと囲われ、東側の奥まったところには泉水の掘られた庭園が配されていた。厳《いか》めしい正門をくぐると、表玄関まで那智黒の敷石が長々とつづき、屋根も地面も雪はきれいに除かれ、玄関脇で樹齢を重ねた唐《から》松《まつ》は折れたり傷んだりしないように細縄で枝を吊ってある。

「加賀《かが》の雪吊りのようだな」

「そういえば、御家は代々、加賀藩出入りの御旗本であられるとか」

「ふうん、よう調べたな」

「それはもう、赤松さまのことなら、尻の穴まで知りつくしてござりますよ」

つまらぬ駄洒落《だじゃれ》を口走る安島が、今日にかぎっては頼もしくみえる。

「例のもの、携《たずさ》えてきたであろうな」

「ご案じめさるな」

意味深長なことばを交わしていると、玄関口から咳払いが聞こえた。

肩を怒らせた初老の男が、鷹《たか》のような目で睨んでいる。

案内役の用人頭らしい。

「北町奉行所の葛籠桃之進さまであられましょうや」

「いかにも」

「当家の主がお待ちかねでござる。さ、どうぞこちらへ」

慇懃《いんぎん》な態度で差しまねかれ、表書院の脇廊下を渡った。

さらに細長い中廊下を渡り、片端の控部屋に案内される。

「従者の方はそこへ」

安島はぞんざいに命じられ、襖《ふすま》の手前に控えさせられた。

「葛籠さま、これを」

手渡された「例のもの」を懐中に忍ばせ、桃之進だけが導かれた部屋は、床の間も欄間《らんま》も襖絵もない六畳間だった。招かれざる客が導かれる部屋なのだろう。

四角い顔の赤松弾正は、目を三角に吊って待ちかまえていた。

すでに、用件は書面で伝えてある。

苛立ちを隠せない理由は、町方風情に弱みを握られたとおもっているからだ。

隅に控えようとする用人頭に向かって、弾正は蝿でも払うような仕草をした。

用人頭が渋い顔で去った途端、桃之進は頭ごなしに一喝された。

「おぬし、木っ端《こっぱ》役人の分際で目付を脅す気かっ」

「滅相《めっそう》もございません」

「なれば、これは何じゃ」

潰《つぶ》れ蛙《がえる》のごとく土下座する桃之進の月代に、奉書紙が投げつけられた。

「右の一件は口外せぬ。かわりに目通りを願いたいなぞと抜かしおって。この赤松弾正を何じゃとおもうておる」

「まことに失礼ながら、末は町奉行にご昇進なされる大人物とおもわばこそ、赤松さまにあるまじき行為は慎《つつし》みなされますよう、ご進言つかまつりたいと、かように考えた次第にござりまする」

「身の程をわきまえよ」

「はは。それは重々承知いたしておりますが、なにゆえにも内容が内容ゆえ。ぷっ」

おもわず吹きだしてみせると、弾正は眉間の青筋をひくつかせた。

「無礼者、何が可笑《おか》しい」

「失礼つかまつりました。赤松弾正さまともあろうお方が、ご禁制のわ印を蒐集《しゅうしゅう》しておられるとは、憚《はばか》りながら葛籠桃之進、夢想だにいたしませなんだ。ぷっ、まただ。くそっ、我慢できぬ、ぬひゃひゃ」

肩を揺すって大笑すると、弾正の顔は茹《ゆ》でた海老《えび》と化した。

恥ずかしいやら腹が立つやらで、ことばも容易に出てこない。

桃之進は唐突に笑いやみ、真顔になって滔々《とうとう》と喋りはじめた。

「赤松さま、日本橋通《とおり》油《あぶら》町の鶴丸堂《つるまるどう》はご存じですな。表向きはちゃんとした絵双紙屋にござりますが、裏にまわれば御大名や御大身に向けて、男女和合のあられもなき姿態を描かせた枕絵を売りさばき、荒稼ぎをしている悪党にござります」

「知らぬ。さような者は知らぬぞ」

「まあ、お聞きなされ。その鶴丸堂、たまさか湯島《ゆしま》の岡場所にて取りおこなわれた警動に引っかかりましてな。拙者の配下が調べたところ、懐中に小さな帳面を隠しもっておりましてな。怪しいので問いつめますと、何とそれは、わ印と呼ぶ枕絵を高値で買う怪しからぬ連中の一覧だと抜かします。配下に手渡され、その一覧をつらつら眺めておりますと、錚々《そうそう》たる御歴々にまじって何と、赤松さまの御姓名も銘記されてございりました」

「戯《ざ》れ言を抜かすな」

「戯れ言ではござりませぬ。一覧はほれ、ここに」

懐中から帳面を取りだし、ぱらっと捲《めく》ってやる。

赤松は身を乗りだし、目を飛びださんばかりにさせた。

「この帳面が鶴丸堂の口書ともども公にされれば、御目付の座から高転びに転げおちるは必定《ひつじょう》にござりますぞ」

「くう」

赤松は唸《うな》った。不安が的中し、焦燥《しょうそう》を掻きたてられているようだ。

「それを寄こせ」

「身どもの望みをかなえていただければ、お渡し申しあげましょう」

「望みじゃと」

「はい」

「言うてみろ」

桃之進は襟を正し、こほっと咳払いを放つ。

「虜囚《りょしゅう》となった梨田六左衛門を、お解き放ちくださりませ」

「梨田六……町人殺しの嫌疑が掛かっておる軽輩のことか」

「いかにも」

「なぜ、あの者を」

「無実の罪で捕まった朋輩《ほうばい》にござります。見捨てるわけにはまいりませぬ」

「無実だと、何を証拠に」

「かの者の性分から推して、人斬りのできる男ではござりませぬ」

「それだけか。おぬし、役人には不向きじゃな。それにしても、ただ朋輩を救うために、目付を脅しつけたと申すのか」

「いかにも」

「わからぬ。おぬし、どう足掻《あが》こうと出世の芽はないぞ」

「もとより、承知してござります」

「出世はあきらめたか」

「はい」

「野心はないのか」

「ござりませぬ。さようなもの、疾うに捨てました」

「けっ」

弾正は嘲笑う。

「侍から野心を取ったら何が残る。野心の無い侍なぞ、屁の滓《かす》じゃ。よし、町人殺しの軽輩は帰してやろう。そのかわり、妙なまねはいたすな。わかっておろうな」

「承知してござります」

桃之進は一礼して膝で躙《にじ》りより、顧客名の綴られた帳面を畳に滑らせた。

「どうぞ、ご自由にご処分くだされ」

弾正は帳面を懐中に突っこみ、縄張りを荒らされた猿のように前歯を剝きだす。

「去《い》ね。顔もみとうないわ」

「お待ちを」

「何じゃ、まだあるか」

「手土産《みやげ》がございます。これに」

桃之進は懐中から折りたたんだ紙を取りだし、うやうやしく差しだす。

「美人を描かせたら当代一の絵師、鳥居清長《とりいきよなが》の手になる枕絵にございます」

「何じゃと」

「ご覧くだされ」

横長の細い紙を、慎重に開いてみせる。

「おお」

弾正は感嘆《かんたん》の声をあげ、垂涎《すいぜん》の面持ちで錦絵《にしきえ》に見入っている。

妙な癖《へき》だが、梨田を救うことができたのはその癖のおかげだ。

「いかがでござる。巧《たく》みな和合図にございましょう」

「感服した。これほどのものはみたことがない」

「そちらのほかに『袖の巻』全十二図の初刷りがございます」

「ま、まことか」

「はい。後日、鶴丸堂に持たせましょう。装飾絵として彫金させた鞘《さや》も届けさせます
ゆえ、どうぞ、お納めください」

「お、ほほ。さようか。すまぬな」

田沼父子同様、贈り物にはめっぽう弱いらしい。

さきほどの威張り腐った態度とは打って変わり、目尻をだらしなく下げている。

「赤松さま、ひとつだけ生意気を申しあげてもよろしいか」

「おう、何じゃ」

「これからもいっそう厳しく、不正をお糺しくだされ」

「余計なお世話じゃ。吹けば飛ぶような鼻糞与力めが、四千石の大身に意見するでない」

「いいえ、これだけは重ねて申しあげる。くれぐれも、正義の二文字をお忘れめさるな。されば、ごめん」

桃之進は軽く会釈をし、さばさばした表情で部屋を出た。

廊下にかしこまる安島が、不安そうに首尾を待っている。

桃之進は片目を瞑《つむ》り、茶目っ気たっぷりに微笑みかけた。

「ほっ、よかった」

安島は、へなへなとへたりこむ。聞けば、鶴丸堂は以前からの知りあいで、何かと便宜をはかってやった男らしい。それゆえ、猿芝居に付きあわせることもできた。客の名が綴られた帳面も、鳥居清長の枕絵も、よくできた偽物にほかならない。

ともあれ、事はうまく運んだ。

戦さの論功行賞ならば、一番手柄は安島だなと、桃之進はおもった。

十二

梨田六左衛門が解き放ちになる日の早朝、忍川に架かる三昧橋のたもとに、密告者の無残な屍骸《しがい》が浮かんだ。

「正面からのどをひと突き、半次郎のときと遣り口が似ておりますね」

定町廻りの轟三郎兵衛が、白い溜息を吐いた。

桃之進は汀《みぎわ》で襟を寄せ、寒そうに立っている。

「葛籠さま、いかがです」

「そいつは吉蔵だ。まちがいない」

岡っ引きの甚吉に命じられ、小者たちが屍骸を菰《こも》にくるんだ。

そのかたわらに、頭から菰をかぶった四十年増が蹲《うずくま》っている。

「下手人をみたというのは、あの夜鷹か」

「はい。なかなか口を割りませんでしたが、宥《なだ》め賺《すか》しているうちに、ようやく喋ってくれました。吉蔵を突いたのは、小銀杏髷の同心だったそうです」

「お礼参りが恐ろしかろうに、よくぞ喋ってくれたな」

「ここ数日、ろくなものを食べていないようで。甚吉が一朱握らせたら、重い口をひらきました」

夜鷹の語った下手人の特徴は、犬飼新悟のものと一致していた。

「どうなされます。犬飼を引っくくりますか」

「できるのか、おぬしに」

たとい、罪状があきらかだろうと、同心仲間に縄を打てば、ほかの連中に嫌われてしまう。大番屋で村八分にされたら、廻り方としては二進《にっち》も三進《さっち》もいかなくなる。わかりきったはなしだ。

「いっそ、斬りすてますか」

「短兵急にものを言うな。それに、おぬしには無理だ。犬飼新悟の突きは躱せぬ」

「その頬の傷、犬飼にやられた傷でしたな」

「傷の恨みはない。されど、あやつは放っておけぬ。ま、わしに任せておけ」

大見得は切ったものの、犬飼と互角に渡りあう自信はない。

自信を取りもどすにはまず、鈍《なま》りきったからだを鍛えなおす必要があった。

その晩から、桃之進は三尺の木刀を握り、びゅんびゅん素振りをはじめた。

「いつも唐突にはじめられますなあ」

「ほんに、父上は変わっておられる」

「香苗、父上を小馬鹿にしてはなりませぬ」

「でも、母上。父上は乱心めされたのではありませぬか」

妻と娘はあきれ顔でことばを交わし、それきり見向きもしない。

一方、母の勝代は何をおもったか、煤《すす》払いのときのように白襷を掛け、先祖伝来の薙刀《なぎなた》を提げて廊下に躍りでてきた。

「桃之進、よう聞け。急《せ》いては事をし損じる。ひぇい……っ」

凜然《りんぜん》と格言を発し、薙刀を頭上で旋回させるや、香の焚《た》かれた仏間に戻って読経《どきょう》をはじめる。

鋭い勘で大事を察したのか、それとも、ただ惚《ほう》けてしまっただけなのか。

桃之進には時折、母親の行動が読めなくなる。

読経を聞きながら汗を散らしていると、裏の木戸口からそろりと人影が侵入してきた。

「くせもの、とあっ」

木刀を上段に構えて挑みかかると、相手は頭を抱えて石灯籠《いしどうろう》の陰に隠れた。

ひょっこり差しだされた赤ら顔は、穀潰《ごくつぶ》しの舎弟にほかならない。

「兄上。また、おはじめなすったのか。こんどは誰を斬りなさる」

軽口に応じず、背中をみせる。

すると、舎弟の竹之進は木ぎれをつかみ、やっとばかりに突いてきた。

これを反転しながら避け、木刀で脇腹を叩いてやる。

「ぬへっ」

竹之進は石灯籠に両手をつき、激しく嘔吐《おうと》しはじめた。

殷々《いんいん》と読経が響くなか、廓帰《くるわ》りの穀潰しは、たらふく食った贅沢《ぜいたく》な食べ物を吐きつづける。仕舞いに「河豚を食わされたから、ちょうどよかった」などと、へらついた調子で抜かす。食えない男だ。

そうした一部始終を、少し開いた襖の隙間から、引きこもりの梅之進がみつめている。

「まったく、得手勝手な連中ばかりだ」

鬱々《うつうつ》とした気分を晴らすべく、桃之進は三尺の木刀を振りつづける。

真冬だというのに半裸の身を汗で濡らし、百回、二百回と振りつづけた。

「よし、今宵はこのくらいにしておこう」

おもいたったが吉日、つい、やりすぎる傾向があるのは、昔取った杵柄《きねづか》のせいだ。

が、もはや、さほど若くもない。

翌朝起きてみると、両腕が肩よりうえにあがらなくなっていた。

「弱ったぞ。これでは勝負にならぬ。あ、そうだ」

桃之進はあることをおもいたち、風呂敷を抱えて屋敷を飛びだした。

途中、酒屋に寄って安酒の一升瓶を買い、ついでに栗皮色の着物に着替える。

浪人風体となり、一升瓶を提げて向かったさきは、中御徒町の役人屋敷だった。

「ん」

目指すさきに、何やら人だかりができている。

焦《あせ》る気持ちを抑えかね、桃之進は駆けだした。

「どうした。何があった」

人垣を掻きわけ、前面に押しだす。

すると、酔いつぶれた梨田が上がり端に仰向けで寝そべっており、妻女の雅恵と三人の子どもたちが横並びで土下座をしていた。

「みなさま、ご迷惑をお掛けいたしました。このお詫《わ》びは、あらためてさせていただきます。どうか、主の不始末はご内密に、このとおり、お願い申しあげます」

ぞろぞろ集まった連中は、隣近所の貧相な屋敷に住む百石手鼻の軽輩たちだ。

みなは口々に文句を垂れながら、玄関先から離れてゆく。

桃之進だけが、取りのこされた。

雅恵が、くいっと顔をあげる。

「あなたさまは」

「野乃侍野乃介にござる。いつぞやはご相伴に与《あずか》り、かたじけのうござった」

「あの、何か」

「梨田どのが謂《い》われなき罪で捕縛されたものの、本日めでたく解き放ちになったと聞いたもので。これを……」

一升瓶を差しだすと、雅恵は眉間に縦皺をつくった。

「……なるほど、酒はいけませんな。ご亭主は酔いつぶれておられるようだが、祝い酒でも呑みすぎましたか」

「お恥ずかしいはなしです。さきほどまで、腹を切ると喚きちらし、出刃包丁を握って暴れておりました。ご近所の方々にお祝いしていただいた席上、御酒が過ぎたのです。それにしても、ふだんはおとなしい性分なのに、物の怪でも憑《つ》いたとしかおもえませぬ。それほどの乱れようで。もしや、御目付さまのもとで、よほどの責め苦でも受けたのでしょうか」

「そうかもしれませぬ。責め苦から解放され、突飛な行動を取る者のあることはよく耳にします」

「やはり、そうでしたか」

雅恵は、ほっと溜息を吐いた。

桃之進は、がっくり肩を落とす。

突きの極意を伝授してもらおうと足を運んだが、それどころではなさそうだ。

と、そのとき。

梨田がむっくり起きあがり、妻女の袖をつかんだ。

「雅恵、小さ刀はどこじゃ。三方《さんぼう》ともども、これへ持ってまいれ」

血走った眸子《まなこ》を吊りあげ、仕舞いには怒声を張りあげる。

「ぐずぐずいたすな」

桃之進は黙って歩みより、梨田の頬を力任せに張った。

小気味よい音とともに、びゅっと鼻血が飛ぶ。

「莫迦者」

一喝すると、梨田は夢から醒《さ》めたような顔を向けた。

「おや、どこぞで見掛けたお方ですな」

「鼻血を拭け、ほれ」

梨田は手拭いで鼻を拭き、ぱっと顔を輝かす。

「おう、野乃侍どのではござらぬか。どうして、貴殿がここに」

「解き放ちになったと聞いてな、祝いに駆けつけたのさ」

「祝いだと。ふん、無用なことを」

「なぜ」

「わしは生きる資格のない男。腹を切って世間さまに詫びるしかないのだ。くそっ、貴殿にこぼしてもはじまらぬ」

せっかく罪が解けて家に戻ってこられたというのに、いったい、誰に何を詫びるというのだ。

問いつめるべく、顔を近づけた。

「うっ」

息が詰まるほど、酒臭い。

「わしは詮議を受け、首を落とされる覚悟を決めておった。それがなぜ、助かったのだ。誰も教えてくれぬ。ようやく死ねるとおもうたに、気づいてみたら祝宴の上座に座らされておった……くそっ、なぜ、赤松弾正はわしを裁かぬ。なぜ、断罪してくれぬのだ」

梨田は肩を震わせ、赤子のように泣きはじめた。

溢《あふ》れでる涙の意味が、桃之進にはさっぱりわからない。

「きっと疲れているのでしょう。どうか、今日のところはお引きとりを」

雅恵は蒼褪《あおざ》めた顔で漏らし、弱りきった夫のかたわらに寄り添った。

十三

切腹騒動もどうにかおさまり、忙《せわ》しなく半月が過ぎた。

武家も商家も煤払いを済ませ、年の暮れを迎える支度に余念がない。

江戸の町は白一色に塗りこめられ、突きぬけるような蒼穹《そうきゅう》のもと、雪合戦をして遊ぶ子どもたちの歓声が響いている。

桃之進は軽《かろ》やかな足取りで、蛤町の青龍館までやってきた。

突きの極意を、梨田の師である村木十内に伝授してもらおうとおもったのだ。

道場はあいかわらず寂《さび》れており、稽古にいそしむ門人の声も聞こえてこない。

門をくぐると、館長の村木本人が寒椿の枝を細縄で吊る作業をしていた。

「雪吊りですか」

穏やかな調子で声を掛けると、村木が首をねじった。

「お、誰かとおもえば、おぬしか」

「暮れのご挨拶にまいりました。これを」

ぶらさげた一升瓶を差しだすと、村木はにんまり笑う。

どうやら、嫌いではないらしい。それに、ひとりで退屈しきっている様子だった。

「みな町人の子弟ゆえ、師走《しわす》は忙しくてな。稽古どころのはなしではない。さ、おはいりなされ」

板の間の正面には、あいかわらず『忍』の一字が掲げてある。

「冷やでよいかな」

「かまいませぬよ」

「されば、ここで一献まいるか」

連子《れんじ》窓から陽光が射しこみ、板の間の一隅に日だまりをつくっている。

村木は奥に引っこみ、ぐい呑みをふたつと小振りの壺を抱えてきた。

「わしが漬けた梅干しじゃ。これがけっこう、いける。むふふ」

おたがいに酒を注ぎあい、一献《いっこん》かたむける。

桃之進は梅干しをひとつ齧《かじ》り、おもわず口をすぼめた。

「これはすっぱい。ほんのりと甘みもある。この微妙な漬かりよう、とても素人《しろうと》とはおもえませぬな」

「道場をやめて、梅干し屋にでもなるか。されど、梅干しの漬け方にも極意があってな。難しいのは塩の匙《さじ》加減じゃ。むふふ、何事も匙加減が肝要じゃよ。剣術とて同じことさ」

「仰るとおりです。本日お伺《うかが》いしたのは、突きの極意をご指南願いたいとおもいましてな」

「ほほう。言われてみれば、どことのう、からだつきが引きしまったような気もいたす。おぬし、鍛えておるのか」

「ふふ、わかりますか。この半月で、素振りを二万回やりおおせました」

「二万回か。ま、数が多ければよいというものでもない」

「足腰を鍛えなおすべく、毎夜、雪山を駆けめぐっております」

「猪のようじゃな。何ぞ事情でも」

「じつは、突きの名人とやり合わねばなりませぬ」

「やり合うとは。まさか、真剣の勝負ではあるまい」

「その、まさかです」

「ふうむ。相手は、わしの知る者か」

「ご心配なく。梨田どのではありませんよ」

「さようか。しかし、穏《おだ》やかなはなしではないな。やめるわけには、いかんのか」

「いきませんな」

「何ゆえじゃ。おぬしは、いたって呑気そうにみえる。命のやりとりをするような莫迦にはみえぬがな」

「莫迦なのでござる」

村木は黙り、ぐい呑みに口を付けた。

「闘えば、どちらかが死ぬのだぞ。おぬしが生きのびても、相手は死ぬ。生涯、殺生を悔いながら生きながらえねばならぬ。それでも、よいのか」

「致《いた》し方ござらぬ」

「いまいちど、聞こう。なにゆえに、そやつを斬らねばならぬ」

「悪党ゆえにござります」

「悪党ならば、江戸にごまんとおろう。ほかに斬らねばならぬ理由があるはずじゃ」

「うまくは言えませぬが、出逢ってしまったからでしょうか」

「出逢ってしまったから……さようか」

村木は一升瓶をつかみ、空になったぐい呑みを酒で満たす。

「とめても無駄のようじゃな。詮方《せんかた》ない。役に立つかどうか疑わしいが、教えられることは教えて進ぜよう」

「ありがたき幸せにござります」

それから五日つづけて、青龍館に足を向けることとなった。

村木十内に指南されたのは、一瞬で相手の突きを見切り、同様の突きで相手に打ち勝つ必殺技である。

村木は伝授するにあたって、梨田の突きを想定していた。

「眼光で射抜き、一瞬の隙《すき》を見出すや、火の玉となって突きかかる。それが六左衛門の突きよ。わかったか」

「はい」

「炎の突きの炎とは、眼光のことなり。けっして、相手から目を逸らしてはならぬ。忍の一字を呑んで待ち、瞬《まばた》きもしてはならぬ」

「はい」

「忍とは、刃に心を込めることなり。心とは恐怖に打ち勝つ心、おのれの弱き心を打ち砕かんとすべく、くの字なりに突くべし」

この「くの字なりに」という点が村木独自の工夫らしく、剣にかなりおぼえのある桃之進でも、習得するには一定の時が必要だった。

「おぬしは筋がよい。というよりも、名のある剣客とみた」

「先生、それはお見込みちがいにござりましょう」

「ま、そうかもしれぬ。ともあれ、わしの教えることはもうない」

桃之進は板間に額をつけ、何度もお礼を述べた。

「無理をお聞きいただき、まことに、ありがたくおもっております」

「こちらこそ。久方ぶりに燃えたぞ。年甲斐《がい》もなくな。婿に教えて以来のことじゃ」

「梨田どのに」

「さよう。炎の突きを伝授したのは、このわしじゃ」

「やはり、さようでしたか」

「おぬしにひとつ、聞いてほしいことがある。迷いに迷ったが、どうにも黙ってはおれぬ気分でな」

「何でしょう」

「いつぞやか、六左衛門を破門にした経緯を聞いてもらったな」

「梨田どのは、道場破りの無頼漢を殺《あや》めた。ひとを殺めてはならじという掟を破ったがために、破門されたのでしたな」

「隠しておったことがある。じつは、道場破りに見舞われたおり、ここに雅恵がおった。雅恵は子を孕《はら》んでいたにもかかわらず、板の間で裸に剝かれ、無頼漢の辱《はずかし》めを受けたのじゃ」

「え」

「驚いたか。恥を忍んで喋っておるのじゃ、察してくれ」

「はい」

雅恵はその場で自害しかけたが、腹の子が不憫《ふびん》でおもいとどまった。

それを知った六左衛門は怒り心頭に発し、相手を八つ裂きにせんとする勢いで道場を飛びだしたのだ。

「それが真相よ。じゃが、まだある」

桃之進は動揺を隠しきれず、空唾を呑みこんだ。

「そもそも、なにゆえに、この青龍館が狙われたのか」

私怨がからんでいた。

「無頼漢は歴とした大身旗本の次男でな、名は蜷川玄蕃《げんば》という」

「蜷川」

どこかで聞いたことのある名だ。

「御作事奉行蜷川摂津守の次男坊じゃ。箸《はし》にも棒にも掛からぬ乱暴者で、蜷川家でも手を焼いていたらしい」

六左衛門にしてみれば、雲上の地位にある御作事奉行の子息であった。それとはつゆ知らず、不運にも町中で遭遇した些細《ささい》な喧嘩《けんか》の仲裁にはいり、非のあった蜷川玄蕃とその取りまきどもとの対峙を余儀なくされ、真剣を抜くや峰に返し、こっぴどく痛めつけてしまった。

「そのときの逆恨みで道場を襲ったと」

「さよう」

たまさか、六左衛門が作事方の小役人であったことも、蜷川玄蕃のひねくれた感情に火を付けてしまった。

「のちに聞いたはなしによれば、不逞《ふてい》な次男坊は木っ端役人に舐められてたまるかと息巻いておったらしい」

舐められた腹いせに、孕んだ妻女を犯すという非道な行為を平然とやってのけたのだ。

玄蕃は自分のしでかした悪行のせいで命を落とした。

ただし、六左衛門にも落ち度がないとは言えない。

果たしあいは、敵討《かたき》ちでもなければ、上からの命でもなく、あくまでも私怨に基づいておこなわれたものだった。お上の許しなしにおこなわれた私闘は、理由の如何《いかん》にかかわらず、厳罰の対象となる。

六左衛門にそのあたりの覚悟があったかと言えば、甚《はなは》だ疑わしい。だが、蜷川玄蕃のやった非道と玄蕃の死は、すべて「なかったこと」にされ、真相を知る者たちには厳重な箝口令《かんこうれい》が敷かれた。

蜷川摂津守の意向に基づき、真相はねじまげられたのである。

不肖《ふしょう》息子の死は病死として届けられ、六左衛門の行為は不問に付せられた。

最初から何もなかったことにされたのだから、当然のごとく作事方からの役目替えもなかったし、青龍館の存続も認められた。

「摂津守の周囲で敵討ちに奔《はし》る者もおらず、むしろ、蜷川家には厄介払いができて助かったという空気もあったと聞くが、実際のところは判然とせぬ。やはり、怨みは怨みとして、澱《おり》のように堆積しているのにちがいない」

村木十内は、未《いま》だに案じている様子だった。

「摂津守のことを、焼け跡でいちどだけ見掛けたことがある。氷のように冷たい顔をしておられた。妙だとはおもわぬか。いかに不肖とは申せ、子息を死にいたらしめた六左衛門を御作事方から放逐もせず、あれから六年ものあいだ、下奉行として手許に置きつづけておるのじゃぞ」

作事奉行としては、木っ端役人の動向など、いちいち気にしてなどいられないのだろう。だが、両者の身分に天と地ほどのひらきはあるにせよ、村木も案じるとおり、子息を斬った者を平然と同じ役目に就かせておく神経はどうかとおもう。

狙いがあるとすれば何なのか。

もしかしたら、汚れ仕事をやらせるために飼っておいたのかもしれない。

村木はぐい呑みを置き、重い口をひらいた。

「おぬし、誰かを斬ると申したな」

「はい」

「狙う相手は、ほんとうに六左衛門ではないのだな」

「天地神明に誓ってちがいます。ご安心を」

「されば最後にひとつ、手管《てくだ》を伝授いたそう。月夜に闘うのならば、相手に月を背負わせよ。月を正面に据え、月に向かって突くのじゃ」

「は、得心いたしました」

「おぬしでないと知って、正直、ほっとしたわい」

「え、どういうことです」

「遠からず六左衛門には、刺客《しかく》が向けられるかもしれぬ。そんな気がして仕方ないのよ」

「刺客とは、作事奉行の息が掛かった者のことでしょうか」

「ふむ。やはり、子息を殺められた怨みは晴らしたかろう。重臣の地位を盤石なものとして保つためには、六年の歳月が必要だったということさ。針の一穴ほどの綻《ほころ》びがあってもならなかった。ほとぼりが冷めた今、六左衛門は針の筵《むしろ》に座らされたも同然じゃ。どうにも、そうおもわれてならぬ。葛籠どの」

「はい」

「六左衛門にまんがいちのことがあったら、わしは娘と孫たちを道場に引きとろうとおもう」

老館長は淋《さび》しげにこぼし、涙目を向けてくる。

「このところ、嫌な夢ばかりみる。六左衛門を失った雅恵の心持ちをおもうと、やりきれなくなってくる。そうなってほしくはないがな、まんがいち、そうなってしまったあかつきには、娘との仲立ちをやってもらえぬだろうか」

「え、わたしが」

「お願いいたす。ほかに頼るべき御方もおらぬ」

村木は左右の膝をぐっと張り、白髪頭を深々とさげる。

なぜ、頭をさげられねばならぬのか、桃之進には今ひとつ合点がいかなかった。

十四

師走二十日、亥《い》ノ刻。

更待《ふけまち》の月は、群雲《むらくも》に隠れている。

弁財天《べんざいてん》を祀《まつ》る浮島も、暗く沈んでみえた。

池之端仲町の出会茶屋から、ぶら提灯の灯りが揺れながら近づいてくる。

提灯の主が後家貸しの年増と懇《ねんご》ろになり、たった今事を済ませて茶屋から出てきたことも、たらふく酒を啖《くら》って千鳥足であることも、刺客の桃之進にはちゃんとわかっている。

面灯りに照らされた大男は小銀杏髷を結い、黒羽織をだらしなく羽織っていた。拵《こしら》えの立派な大小だけは閂《かんぬき》差しに交差しており、博多《はかた》帯の背中には朱房の十手も斜めに差しこまれている。

相手は突きの名手、酔っているとはいえ、油断はなるまい。

狆くしゃ顔の後家貸しには、安島左内を通じて「手練手管を駆使して酔わせろ」と命じてあったし、そのおきよという後家貸しも、斬りすてられた半次郎にはたっぷり未練を感じていたので、何とか敵討ちの力になりたいと申しでた。下手人とおぼしき同心を誑《たら》しこむ難しい役まわりを、銭金抜きで引きうけてくれたのだ。

すでに、黒駒の伊平を密かに捕縛し、責め苦を与えて悪事のからくりを吐かせていた。やはり、このところつづいた火事は、伊平の意を汲んだ者たちの付け火だった。口を封じられた半次郎も、端金《はしたがね》と引きかえに魂を売った駒のひとつにほかならない。無論、付け火は焼け太りを狙った紀ノ屋の差金、悪徳商人の背後には胴欲な作事奉行が控えている。

こうして悪事のからくりは明らかになったが、黒駒の伊平と巨悪を結びつける証拠はどこにもなかった。伊平の口書だけでは、いかにも弱い。紀ノ屋を白州に引ったてることも、黒幕の蜷川摂津守を公の場で断罪することもできそうになかった。

ただし、犬飼新悟に関してだけは、その卑劣漢ぶりを如実に炙《あぶ》りだす証言は、伊平の口を借りずとも、いくらでも拾うことができた。たとえば、賄賂《まいない》をけちったために片腕を無くした香具師《やし》がいたり、からだを傷つけられて物乞いに堕《お》ちた元遊女がいたり、弱い連中ばかりが犬飼の毒牙にかかっていた。

極めつけは人殺しである。犬飼は密告者に仕立てた吉蔵を虫螻《むしけら》のように突き殺し、三味橋のたもとに蹴落とした。夜鷹のほかにも、何人かがみていた。だが、白州で証言できる者はおるまい。権力とはそうしたもので、弱者を黙らせることができる。悪事は巧みに隠蔽され、人殺しが大手を振って町中を闊歩《かっぽ》するのだ。

「させるかよ」

権威を笠に着た同心の非道ぶりは、とうてい許すことのできるものではない。

桃之進は愛刀の柄を掴み、ぺっと唾を吐きつけた。

「まいるか」

利き手は懐中の温石に触れたまま、滑るように間合いを詰める。

犬飼はふらつきながらも歩みをすすめ、茅《かや》町から湯島天神の切り通しに向かう途中で、はたと足を止めた。振りかえりもせず、着物の裾をまさぐり、いちもつを摘みだすや、黒板塀に向けて小便を弾《はじ》きだす。

黒雲が風に流れた。

黒板塀のうえに、更待の月が顔を出す。

――好機到来。

桃之進は身を屈め、雪道を走った。

慣れているので、足を取られることもない。

「犬飼新悟、覚悟せい」

怒声を発し、愛刀の孫六を抜きはなつ。

刃長二尺七寸の大業物だ。

凍てつく刃文の三本杉が、月光を映して煌《きら》めいた。

と同時に、犬飼が巨体をかたむける。

「ぬはは、下郎め、待っておったぞ」

いちもつの先から小便を弾くにまかせ、大胆にも呵々と嗤《わら》っている。

かたわらに提灯を投げすて、三尺刀の柄に手を掛けてもまだ、着物の裾を小便で濡らしていた。

溶かされた雪面からは、白い湯気がむらむらと舞いあがっている。

これだけの寒さのなか、睾丸は縮まりもせず、だらりと股間にぶらさがっていた。

桃之進は、にやりと笑う。

「豪胆なやつ、気づいておったのか」

「あたりまえだ。わざと泳がせてやったのよ」

「狙われることに慣れているとみえる」

「わしに怨みを抱き、死んでほしいと願う輩《やから》は多い。ところが、襲ってくる刺客は、端金で雇われた野良犬ばかりさ。どうせおぬしも、そうした手合いであろうが」

野良犬には、道がふたつある。返り討ちにあって薄汚れた屍骸を晒すか、今すぐ尻尾を丸めて逃げだすか、ふたつにひとつしか道はない。

「さあ、どうする」

「どうもせぬ。悪党を斬って去るだけのはなしだ。それより、いちもつを仕舞ってくれぬか。目障《ざわ》りでならぬ」

「野良犬め、減らず口をたたきおって……ん、おぬし、どこかでみた面だな」

「焼け跡のお救い小屋」

「おもいだしたぞ。柊の根元で、わしの突きを受けた浪人者か」

少しはできると踏んだのか、犬飼はぐっと腰を落とし、刀を鞘走らせた。

「のぞむところ」

桃之進は青眼に構え、じりっと躙りよる。

そのとき、月が群雲に隠れた。

薄闇が、ふたつの影を呑みこんでしまう。

雪道は残光を発しているものの、斬りかかる決心が揺らいだ。

桃之進は孫六を八相に担ぎあげ、少しずつ間合いから逃れた。

犬飼新悟はどっしりと青眼に構えたまま、微動だにもしない。

「おい、野良犬。誰に頼まれた。死出の置き土産に聞いてやる」

「誰に頼まれたのでもない。敢《あ》えて申せば、黒駒の伊平が『腐れ同心に引導を渡してくれ』と、泣いて頼んでおったわ」

「何だと」

「伊平は、おぬしの金蔓《づる》らしいな。あやつ、責め苦に耐えかね、助かりたい一心で懇《こん》願《がん》しよったぞ」

「責め苦」

犬飼は眉根を曇らせ、桃之進の顔をじっと睨みつける。

「お」

と、驚きの声を発した。

「あ、芥溜の……のうらく与力か」

「ふん、やっとわかったか」

「なぜだ。なにゆえ、おれを狙う」

「風向きも読めぬ、役立たずの風烈見廻りだからさ」

「あんだと」

「面倒だが、説明してやる。おぬしは、付け火のからくりを知っていた。汚れ役は黒駒の伊平で、紀ノ屋が裏で糸を引いていることも、紀ノ屋の後ろに作事奉行という黒幕が控えていることも、すべて承知のうえで連中の好きなようにさせた。おおかた、紀ノ屋からも小金をせびっておったのだろう。伊平に恩を売るべく、半次郎の口を封じたのか。殺しの罪を梨田六左衛門に着せようとして、吉蔵を訴人に仕立てあげ、吉蔵の口も封じたのであろうが」

「ふふ、おもしろい筋書きだな。ひとつ、教えてくれ」

「何だ」

「あんたの小細工で、あの梨田とかいう木っ端役人は助かったのかい」

「さあてな」

「ほほう。どうやら、そうらしい。堅物の赤松弾正を誑しこむのに、どんな手を使ったのか。そいつを、是非とも聞かせてほしいものだ」

「死にゆく者に教えても、詮方あるまい」

「ふん、まあよかろう。あんたは、とんだ見当違いをしている」

「どういうことだ」

「半次郎を斬ったのは、おれじゃない」

「悪党の戯《ざ》れ言を信じろと」

「信じずともよい。あの世で悩まぬように、教えてやっただけのことさ。ふふ、善と悪は紙一重、人は見掛けによらぬもの」

犬飼は嘲笑うだけで、肝心のことは口にしない。

「しかし、わからぬな。のうらく与力がなにゆえ、他人事に首を突っこみ、そうやって死に急ぐのだ」

「はて」

自分でも、よくはわからない。

正義を成すため、公に裁くことのできぬ悪を裁こうとしているのか。

しかし、正義とは何なのだ。命を賭《と》して守るほどのものなのか。

疑念が芽生えたとき、群雲がすうっと流れた。

月だ。

「りゃう……っ」

裂帛《れっぱく》の気合い。

犬飼の突きがきた。

「なんの」

面の皮一枚切らせ、鬼の眼光で睨みつける。

「うっ」

相手が怯《ひる》んだ。

わずかな間隙をとらえ、乾坤一擲《けんこんいってき》の突きを繰りだす。

「うしゃ……っ」

月光を帯びた孫六兼元が、地を這う蛇《へび》のように伸びた。

まさに「くの字なり」の軌道を描き、のどぼとけに突きささる。

「ぐひゅ」

犬飼は何事かを訴えかけるように、眸子を瞠《みは》った。

刃を抜くやいなや、鮮血が紐《ひも》のように噴きだしてくる。

夥《おびただ》しい返り血を避けるべく、桃之進は雪道に転がった。

十五

紀ノ屋周五郎の悪行は奉書紙に綿々と綴《つづ》られ、目安箱に投函されていた。

ところが、訴えの内容は誹謗中傷の域を出ぬものと判断され、紀ノ屋は町奉行所にてかたちばかりの取調こそ受けたものの、すぐさま解き放ちになった。察するに、作事奉行蜷川摂津守の介入によって、責任ある立場の面々に餅代がばらまかれたにちがいない。

「火のないところに煙は立たず、とも申します。奉書紙には達筆な文字で、紀ノ屋の悪辣非道《あくらつひどう》ぶりが綴られていたそうです。ただし、訴えた者の姓名がふざけておりました」

残念そうに溜息を吐くのは、安島左内である。

「いったい、何と書かれてあったのだ」

「野乃侍野乃介にござります」

「え」

桃之進は、ことばを失った。

「どうかなされましたか」

「い、いや」

「連歌師のふざけた号のようでしょう。これではいかに内容が正しくとも、受けつけてもらえませぬ」

声音は次第に遠ざかり、安島が口をぱくつかせた鯉《こい》にみえてくる。

言うまでもなく「野乃侍野乃介」とは、桃之進が散文書きの際に使用する筆名だった。この名を知る者は舎弟の竹之進を除けば、知りあいの黄表紙屋しかいない。

いや、もうひとりいる。

梨田六左衛門であった。

梨田が「野乃侍野乃介」を名乗り、紀ノ屋の許すべからざる行状を訴えたのだ。

しかし、誰がみても偽名とわかる差出人の訴えなど、公方《くぼう》に読んでもらえるはずはなかった。氏素性をあきらかにし、厳罰覚悟で心情を吐露しなければ、所詮、紀ノ屋と同じ土俵では闘えない。

梨田にもわかっていたはずだ。が、命を惜《お》しんで本名を伏せた。あわよくば、訴状が為政者の目に留まり、悪徳商人が断罪されるのを期待した。そして、虜囚となった紀ノ屋周五郎が厳しい責め苦に耐えきれず、作事奉行と謀《はか》って江戸の町を焼いたことを告白させたかったのだ。

そうであったにせよ、やり方が甘すぎる。悪行の詳細を知り、許してはならじとおもうのなら、命を賭して訴えねばなるまい。

桃之進は、梨田の弱腰に憤りを感じた。生に執着する浅ましさが醜いとさえおもった。

「梨田よ。おぬしはいったい、この始末をどうつけるつもりだ」

本人に糺してみなければわかるまい。

犬飼新悟の吐いた台詞が、どうにも気に掛かる。

——善と悪は紙一重、人は見掛けによらぬもの。

おそらくは、梨田を念頭に置いた発言にちがいない。

半次郎を斬ったのは、やはり、梨田六左衛門なのであろうか。

因縁のある蜷川摂津守に命じられ、唯々諾々《いいだくだく》と汚れ仕事をやった。我に返って罪の重さに耐えかね、酔いにまかせて切腹をこころみたができず、切羽詰まったあげく、悪行のからくりを書面にしたためた。

「そうなのか」

いいや、梨田にはできぬ。

下手人であるはずはない。

桃之進は、強く首を振った。

金公事蔵のなかは冷えきっている。

どうやら、雪が降ってきたらしい。

正午を過ぎ、馬淵斧次郎が探索から戻ってきた。

「葛籠さま。紀ノ屋は目安箱の一件が落着したことに気をよくし、柳橋《やなぎばし》の酒楼を総仕舞いにして祝宴を催しております。屋形船を雪見船に仕立て、向島《むこうじま》のさきまで繰りだす腹ですぞ」

祝宴に招かれた主賓《しゆひん》は、蜷川摂津守にほかならない。

「ちと、様子でも窺いにまいりますか」

呑気《のんき》な顔の安島に促され、桃之進は重い腰をあげた。

柳橋の舟寄せに着いてみると、紀ノ屋一行を乗せた屋形船はつい今し方、大川に繰りだしたところだという。

追いかけようにも、舟寄せには猪牙が一艘しか見あたらない。

「葛籠さま、お先にどうぞ。われらは後から追いかけます」

「よし、わかった」

安島と馬淵に見送られ、桃之進は猪牙に乗りこんだ。

「急げ」

けしかけると、老いた船頭が間抜け面をかたむけた。

「旦那、どちらへ急げばよろしいので」

「向島のさきだ。雪見の名所と言えば」

「三囲《みめぐり》稲荷か長命寺《ちょうめいじ》か、はたまた関屋《せきや》の木母寺《もくぼじ》か」

「そこいらへんだ。急いでくれ」

「へえい」

間延びした返事を聞き、桃之進はげんなりする。

あらためて考えてみれば、急ぐ理由など何もない。寒風に身を切られるおもいで漕ぎすすみ、屋形船に追いついたとしても、芸者をあげて宴に興じる金糞垂れの痴態を遠目に眺めるだけのはなしだ。

「よっこらせえ」

船頭は頭上で棹《さお》を旋回させ、右に左に小舟を操っている。

柊の花に似た雪は斜めに吹きつけ、頭からすっぽり菰をかぶらなければ耐えられそうにないほどの寒さだ。

「旦那、ほうら、お目当ての船尻がみえてきやしたよ」

「ん、どこだ」

目を皿のようにすると、豆粒大の船影がみえた。

「ありゃ木母寺に向かってるな。どうしやす、急ぎやしょうか」

「頼む、そうしてくれ」

「へえい」

間延びした返事同様、舟の動きは鈍い。

にもかかわらず、屋形船の船尾は見る間に大きくなってゆく。

「旦那、ありゃ碇《と》まっておりやすぜ」

「ふうん、そうかい」

川の中央から、やや対岸寄りのあたりだ。

「それにほら、耳を澄ませば何やら、おなごどもの悲鳴が聞こえてきやす」

「ん、どれどれ」

なるほど、風音にまじって、悲鳴らしきものが聞こえてくる。

「くわばら、くわばら」

老いた船頭は慎重に船をすすめ、背後から忍びよるように迫った。

「ぬぎゃっ」

断末魔《だんまつま》の声をあげ、供人らしき侍が船端から落ちてくる。

水飛沫《みずしぶき》があがり、屋形船は揺れに揺れた。

「旦那、誰かが刀を振りまわしておりやす。お、ありゃ船頭じゃねえか」

女たちの悲鳴が、凍《い》てついた川面に尾を曳いた。

小さな水飛沫が撥《は》ね、子犬が必死に泳いでくる。

船頭は素早く漕ぎよせ、巧みに近づいていった。

「もう少しだ。寄ってくれ」

桃之進は船端から片腕を伸ばし、子犬を拾いあげた。

「旦那、おもしれえ顔の犬だねえ」

「狆だ。太郎丸というてな、紀ノ屋の飼い犬さ」

濡れたからだを拭いてやり、温石で暖めてやる。

太郎丸は震えながら、くいんくいんと鼻を鳴らす。

息つく暇もなく、こんどは大きな水飛沫が立ちのぼった。

「ぶえっ、助けてくれ。誰か、誰か……ぐぬ、ぶぐぐ」

肥えた商人が浮きつ沈みつしながら、必死に藻掻《もが》いている。

「ありゃ、紀ノ屋の大旦那さまじゃねえか」

老いた船頭の言うとおりだ。

紀ノ屋は額《ひたい》に深手を負い、顔中血だらけにしていた。

川に沈むと血が洗いながされ、浮きあがるとまた血が噴きだしてくる。

深く沈んで浮きあがってこなくなるまで、さほどの時は掛からなかった。

「旦那、逝《い》っちまったよ」

「ああ、そうだな」

屋形船の船尾が、手の届きそうなところまで近づいている。

「急ぐな、慎重に行け」

桃之進は船首に移って片膝をつき、孫六の鯉口を切った。

供人の屍骸がまたひとつ、俯《うつぶ》せの恰好で船縁に引っかかっている。

芸者ひとりと船頭ふたりが、船尾側で身を寄せあって震えていた。

すでに、屋形船の屋形は痕跡もなく崩れている。

惨劇を引きおこした船頭が、褌一丁で船首に佇んでいた。

頬被りをしているので、顔つきはわからない。だが、ずんどうで小太りのからだつきが誰のものかは、すぐに察しがついた。

褌男の足許には気を失った芸者が横たわっており、華美な着物を纏った侍の屍骸も転がっている。

仰臥した侍の左胸には、刀が深々と突きたっていた。

「うっ、あれは」

蜷川摂津守の屍骸であろう。

褌男が、疳高《かんだか》い声をあげた。

「ぬしゃ、何者だ」

「わしだ。野乃侍野乃介」

「うえっ」

こちらの正体を知った途端、褌男は棒を呑んだような顔で押し黙る。

もはや、惨劇を演出したのが梨田六左衛門であることはあきらかだ。

桃之進は鯉口を元に戻し、自分でも驚くほど冷静に尋ねた。

「おぬし、何をしでかした」

重苦しい沈黙が流れ、梨田が口をひらく。

「天にかわって、悪党を成敗つかまつった」

「何だと」

「百石手鼻の糞侍にも意地がある。それをみせてやったまでのこと」

梨田は気絶した芸者を抱きあげ、こちらに背中をみせた。

「さらば」

「おっ、莫迦なまねはやめろ」

桃之進は唾を飛ばし、ぐらついた船上で尻餅をつく。

どぼんと、大きな水飛沫があがった。

芸者ともども、梨田が飛びこんだのだ。

「てえへんだ。よっこらせえ」

老いた船頭が、芸者の落ちたほうへ猪牙をまわす。

「ええい、くそっ」

桃之進は温石を捨て、諸肌脱ぎになった。

覚悟をきめ、えいとばかりに川へ飛びこむ。

一瞬、心ノ臓が凍った。

それでも、川に潜って水を掻き、沈みかけた芸者のそばまで泳ぎつく。

水中で帯を解いて着物を脱がせ、髷を鷲掴《わしづか》みにして水面へ浮かびでた。

「旦那、こっち、こっち」

枯れ木のような船頭の腕に縋《すが》り、芸者もろとも猪牙に引きずりあげてもらう。

主を亡くした太郎丸が、船尾できゃんきゃん吠えていた。

「こっちへ乗りうつれ」

屋形船の船頭たちが我に返り、ふたつの船の狭間《はざま》に戸板を架ける。

桃之進と芸者は広い船上に移され、震えるからだを手で擦られた。

ようやく血がめぐるようになっても、唇の震えは止めようもない。

「あ、あやつは……ど、どうした」

どうにか問いかけると、猪牙の船頭がのんびりした口調で応えた。

「泳いで行っちめえやしたよ」

梨田の生死は判然としない。

氷のような川を対岸まで泳ぎきったのかどうか。

まんがいち助かったとしても、野放しにはできまいと、桃之進はおもった。

十六

三日後、真夜中の四つ半過ぎ。

霊岸島の焼け跡は地均《じなら》しがおおかた済み、棟割長屋もずいぶん建ってきたが、いまだ雪景色の随所には焦《こ》げ臭い残骸が見受けられた。ときには瓦礫《がれき》の狭間から髑髏《どくろ》が白々と覗いていることもあり、そうした場所にはたいてい、山狗《やまいぬ》が二、三匹は集まっている。山狗のかたわらでは、代待ちの願人《がんにん》坊主が漆黒の空を恨《うら》めしげに睨んでいた。

二十三夜の願掛け月は、黒雲の裏に隠れている。

背には大神宮の杜《もり》が鬱蒼《うっそう》と影をつくり、右手には暗い新川が音もなく流れていた。このあたりはおそらく、茶碗市が立っていたあたりだろう。川風に晒《さら》されているせいか、雪は少ない。時折、汀のそばを歩いていると、じゃりっと茶碗の欠片《かけら》を踏む音がした。ひょっとすると、それは髑髏の断片かもしれぬとおもえば、背筋に寒気が走った。

町の寝静まった時刻に焼け跡へ足を運んだのは、斬りたくない男を斬るためだ。先方のおもいは知らぬ。まんじりともせずに待ちつづけていたところへ、先方から呼びだしが掛かった。

「斬らねばならぬ」

桃之進は、丹唇を嚙みしめた。

川を背にして篝火《かがりび》がふたつ、およそ三間隔《へだ》てて焚かれている。

篝火の中央には、梨田六左衛門が仁王立ちしていた。

白鉢巻きに襷掛け、巌流島《がんりゆうじま》の佐々木小次郎《ささきこじろう》よろしく、尋常の勝負を挑む扮装《いでたち》だ。

川を背にした意味は背水の陣、梨田にはどうあっても死ねぬ理由があるらしい。

「よう来てくれた。野乃侍どの、いや、ほんとうは葛籠桃之進どのと仰るらしいな」

朗々《ろうろう》とした声が響き、桃之進は足を止めた。

「ただの浪人でないことは薄々感じておったが、まさか、町奉行所の与力であったとはな」

「与力といっても金公事与力、どうでもよい役目だ」

「存じておる。のうらく者なぞと、陰口を叩かれておるとか。されど、誰に何と言われようとも、浪人よりはまし。日の当たるところを歩んだことのない貴殿なら、禄米取りのありがたみは身に沁みてわかっておられよう」

「だから、どうした」

「わしとて同じ、たとい百石でも扶持を失いたくはない。養わねばならぬ者がおる」

「たかが百石のために、魂を売ったのか。剣客の矜持、侍の一分、それらを捨てさってでも、百石にしがみつきたかったのか」

「さよう。わしは摂津守に命じられ、汚れ仕事をやってきた。摂津守の飼い犬になりさがり、気づいてみれば歯止めの利かぬ阿修羅《あしゅら》と化しておったのだ。それもこれも、すべては百石のため」

桃之進は、ぐっと顎を引いた。

「おぬし、半次郎を殺めたな」

「殺めた。付け火をやらせた口封じのために」

「半次郎は、いまわに妙な台詞を吐いた。百石手鼻の東軍流と」

「素性を隠すべく、あやつにはそう名乗っておった。半次郎だけではない。付け火をやらせた半端者は何人かおってな、みな、わしのことを百石手鼻の東軍流だとおもうておった」

「ひとり残らず、口を封じたのか」

「封じた。報酬の半金を手渡すからと騙し、その場でな」

「左胸を突いたのか」

「突きで葬ったのは、半次郎だけだ。逃がしかけたので、咄嗟に突いてしまった」

わずかな証拠も残さぬよう、ほかの者は袈裟懸けに斬ったり、胴を抜いたりしたという。

桃之進は、ぐっと肩を怒らせた。

「半次郎に留めを刺さなかったのが、おぬしの命取りになったな」

「わしがここで死ねば、そうなるやもしれぬ」

「生きのこるつもりか」

「その気がなければ、呼んでおらぬわ」

梨田は背を丸め、悲しい顔をしてみせた。

「貴殿に遺恨はない。今でも親しい友とおもうておる。されど、わしは生きのこらねばならぬ。作事奉行は替わっても、下っ端の役目に変化はない。事情を知る貴殿を斬り、わしは何食わぬ顔で小役人をつづけたいのだ」

「憐《あわ》れな」

としか、桃之進には言いようがない。

「そろりとまいろう」

梨田はゆったりと構え、静かに刀を抜いた。

「葛籠どの、これは尋常の勝負、容赦はせぬぞ」

「のぞむところ」

死ねば焼け跡に屍骸を晒すのみ、山狗の餌になって朽ちるだけのはなしだ。勝たねばならぬ。みずからの信じる正義のために。

人間本然の欲深き心を、正義の刃で断罪しなければならぬ。

桃之進はふいに、空を仰いだ。

漆黒の天に裂け目がはいり、二十三夜の月が顔を出しつつある。

「月を正面におけと、青龍館で習ったのか」

「さよう。村木先生に一手御指南いただいた。もっとも、それはおぬしを斃《たお》すためではなかった」

「犬飼新悟か。腐れ同心を斬ったのが、のうらく者の野乃侍野乃介だったとはな」

「斬ったのではなく、突いたのだ。無敵流の免許皆伝、犬飼も突きの名人であった」

「承知しておったわ。犬飼とはいずれ、カタをつけねばなるまいとおもっておった。名人を葬った突きはくの字なり。ふふ、どうだ、この川柳は」

「辞世の句にしては、下手くそだな」

「ふふ。村木十内はわが師、敬《うやま》うべき人格者にして義父でもあった」

梨田は襟《えり》を正して言い、いっそう悲しげに微笑《ほほえ》んでみせる。

「わしは、志の低さを嫌われておった。男子たるもの、大志を抱かずして何とする。そうやって、師にはいつも叱責《しっせき》された。正直、わしには大志の意味がわからなんだ。出世をして偉《えら》くなることなのか。日の本一の道場主になり、何千という門弟を抱えることなのか。未《いま》だにわからぬ。ともあれ、わしは師に嫌われておった。ゆえに、破門されたのよ。それが真実さ」

自暴自棄に喋る男が、寒風に身を震わす冬鳥にみえた。

「ただし、師にはひとつ誤算があった。雅恵のことだ。わしに従いてゆくとは、おもいもせなんだろう。夫婦の絆《きずな》がどれほど堅固なのものか、あの御方には理解できなかったにちがいない。わしは、雅恵のために生きねばならぬ。あのおなごの真心に応えるには、石に齧《かじ》りついてでも生きて、生き抜いて、たがいに老いさらばえてもなお、添い遂げねばならぬのだ」

「もうよい。おぬしには、自分しかみえておらぬ。火に焼かれて死んでいった者たちの悲痛な叫びが、おぬしの耳には届いておらぬのだ」

「言うな。夜ごと、悩まされておるわ。さあ、抜け。わが師に伝授されたという突きをもって、わしを葬ってみせよ」

「されば、まいる」

桃之進は孫六を抜きはなち、青眼からやや切っ先をさげた。

月は背にある。

相青眼《あいせいがん》に構えた梨田の刀が、妖しげに煌《きら》めきはじめた。

無論、月を念頭に置いたうえで、篝火を立てたのだろう。

――眼光で射抜き、一瞬の隙を見出すや、火の玉となって突きかかる。それが六左衛門の突き。

村木十内のことばが、鮮やかに蘇《よみがえ》ってくる。

二本の篝火と梨田を結んだ三角域は、いわば結界のようなものだ。

結界を破るには、梨田の突きをうわまわる突きを繰りださねばならぬ。

「炎の突きの炎とは、眼光のことなり。けっして、相手から目を逸らしてはならぬ。忍の一字を呑んで待ち、瞬きもしてはならぬ。ふふ、そう教わったか。されどな、付け焼き刃では通用せぬぞ」

「やってみなければわかるまい」

「そうよな。忍とは、刃に心を込めることなり。心とは恐怖に打ち勝つ心、おのれの弱き心を打ち砕かんとすべく、くの字なりに突くべし。うしゃ……っ」

先手をとられた。

眩《まばゆ》いばかりの閃光が突出し、猛然と襲いかかってくる。

剣におぼえのある者を震撼たらしめた炎の突き、正真正銘、六左衛門の突きが繰りだされた。

「なんのこれしき」

桃之進は前歯を剝き、せぐりあげるように突きを合わせる。

「うぬ」

届かない。

桃之進よりも一瞬早く、梨田の刃が左胸を貫いた。

やにみえたとき、桃之進は二の太刀を袈裟《けさ》懸けに斬りさげていた。

「ぎょっ」

梨田は鶍《いすか》のように叫び、がくっと両膝を折る。

おのれの突いた刀は、桃之進の左胸に刺さったままだ。

「な……なぜ」

胸にはさらしが巻かれ、さらしの下には厚さ三寸の板が隠されてあった。

梨田の刀は板を貫きはしたが、桃之進の胸には届かなかった。

当然、突きを返すと信じこませ、相手の慢心を誘ったのだ。

「わるくおもうな。こうでもしなければ、おぬしには勝てぬ。わしとて命は惜《お》しい」

梨田はごほっと血を吐き、仰向けに転がった。

桃之進は胸から刀を抜き、屈みこんで顔を近づける。

「どうした。何が言いたい」

「ひ、ひとつだけ……お、教えてくれ」

「ふむ、何だ」

「わ、わしのことを疑って……ち、近づいたのか」

「いいや、それはちがう」

首を振ってみせると、梨田は満足げに微笑み、こときれた。

十七

暮れもいよいよ押しせまり、町々に引きずり餅を搗《つ》く音が響くなか、桃之進はつかのまの陽気に誘われて、深川の蛤町までやってきた。

真新しい白木に『青龍館』と墨書された道場の内からは、寒稽古に精を出す子どもたちの掛け声が聞こえてきた。

「ほう、元気がいいな」

町人の子どもたちが五人、十人と集まり、枝に雪の積もった寒椿を愛でながら竹刀を振っているのだ。

「百や二百では、はなしにならぬぞ。五百、千と振りこまねばな」

誰に言うでもなく、ひとりごち、桃之進は門の脇から覗いてみる。

音もなく、花が落ちた。

雪上に落ちた一輪の寒椿が、鬼に魂を売った剣客の流した血にみえる。

桃之進はのどの渇きをおぼえ、空唾を呑んだ。

「あするしか、なかったのだ」

ぽつりとこぼし、自分を納得させるように頷《うなず》きながら、粗末な門に背を向ける。

ここは自分が来るべきところではない。最初から訪ねるつもりはなかったが、自然と足が向いてしまったのだ。

狭い雪道に、足跡が転々とつづいた。

このとき、去りゆく背中をそっと見送る目があったことを、桃之進は知らない。

——夫は討たれる運命にあったのです。

涙で潤《うる》んだ目は、そう訴えているかのようだった。

——あなたさまに討たれ、夫はきっと、本望だったとおもいます。

雅恵は桃之進の口添えもあり、三人の子を連れて青龍館に戻った。

最悪の結末を予期していたのか、あるいは、すべてを承知していながら懊悩《おうのう》していたのか、夫の死を冷静に受けとめている様子であった。

一方、娘と孫を取りもどした村木十内の喜びようは、尋常なものでなかった。

皮肉にも梨田の死が、父と娘のわだかまりを霧消させ、忌《い》まわしい呪縛《じゅばく》から解き放ったのである。

そうであればなおさら、桃之進は切ない気持ちにさせられる。

梨田六左衛門は、みずからを百石手鼻と卑下しながらも、百石の禄を得ることにこだわった。そして、人の道を外れ、修羅道に堕《お》ちてもなお、小役人の地位にしがみつき、悪夢をみつづけようとした。

そうあってほしくはないが、人とはそうしたものかもしれない。

修羅道へと通じる陥穽《かんせい》は、そこらじゅうに穿《うが》たれている。

自分もいつなんどき、堕ちないとはかぎらないのだ。

「せめて、菩提寺《ぼだいじ》を聞いておけばよかったな」

年に一度、一輪の寒椿を手向け、みずからの戒《いまし》めにすればよい。

しかし、どのような理由があろうとも、梨田を斬ったことの痛手からは逃れられそうになかった。

瞑《つむ》れば、炎の渦中から乳飲《ちの》み子を救った梨田の雄姿が浮かんでくる。

せめて、ひとりでも火事から救いたいという必死さが、ああした行動に駆りたてたのだろう。

少なくとも、あのときの梨田は身を犠牲にしてでも乳飲み子を救おうとしていた。

いったい、何をもって正義と言うのか。益々、わからなくなってくる。

お救い小屋へ行き、何も考えずに芋汁を掬いたくなってきた。

遠くから誘うかのように、別れ鴉が鳴いている。

桃之進は黒羽織を纏ったまま、霊岸島の焼け跡に足を向けた。

追善の花

一

正月二日は町中に「御慶《ぎよけい》、御慶」と、年始まわりの挨拶《あいさつ》が飛びかう。

武家商家を問わず、一家の主《あるじ》は立派な訪問着を身に纏《まと》い、威儀容貌《いぎようぼう》を繕《つくろ》って上役や親戚《しんせき》を訪ねあるき、新春の賀辞を交換するのである。年始まわりの骨法《コツ》は長居せず、順繰りに数をこなし、馴染《なじ》みの薄い相手には門口の年始帳に氏名を記帳するにとどめておくこと。長っ尻の深酒は嫌われるので、厳に慎《つつし》まねばならない。

小雪のちらつくなか、桃之進も霰小紋《あられこもん》の裃《かみしも》を着け、母方の本家へ年始まわりにおもむいた。

供は先代から葛籠家に仕える草履《ぞうり》取りの伝助《でんすけ》ひとり、痩《や》せた肩に担《かつ》いだ挟み箱にはお年玉に使う利休箸《りきゆうばし》が入れてあった。

本家は築地《つきじ》の御門跡そばにある。家禄は四百石にすぎぬものの、代々、御米蔵の出納《すいとう》を管理する御蔵《おくら》奉行に任じられていた。

奉行は奉行でも、役料はたかだか二百俵にすぎない。それでも、蔵の鍵を預かっているので、やりようによっては何かと実入りの多い役目のはずだが、三代前に目付筋の家から嫁を迎えてからというもの、生まれてくる男児はみな堅物《かたぶつ》ばかりで、賄賂《まいない》と名の付くものは受けとったためしがなかった。馬鹿正直にもほどがあると笑う者も多いが、上役や同僚や出入りの商人などからは、それなりに信頼を得ている。

桃之進は堅苦しい挨拶を済ませ、できることならば、屠蘇《とそ》を舐めただけで退散したかった。ところが、思惑《おもわく》とはうらはらに小半刻ほど付きあわされ、例年どおり、老当主の説教を拝聴しなければならなかった。

当主は勝代の長兄にあたる人物で、齢《よわい》七十を過ぎても矍鑠《かくしやく》としており、侍の心得からはじまって城勤めの作法、仕舞いには忠義というものの神髄について、滔々《とうとう》と喋りたおす。

桃之進は眠気を払うべく、あらかじめ用意していた縫い針で腿《もも》を突っつきながら耐えるしかなかった。それに、手土産《みやげ》にはいつも美濃《みの》米を一升持たせてくれるので、絹にも「何としてでも辛抱してくだされ」と言いつけられていた。

「ご苦労さまにござります」

ようやく解き放たれて門を出ると、伝助が嬉しそうにお辞儀をしてみせた。

父は十八年前、兄は十年前に他界しているにもかかわらず、前歯の抜けた好々爺は桃之進のことを「若」と呼ぶ。

「若、年に一度のこととは申せ、腿を針穴だらけにされてはかないませぬな」

「居眠りがみつかればまた小半刻も説教がつづく。それだけは御免蒙《こうむ》りたい」

桃之進は笠を付け、俯《うつむ》き加減に歩みはじめる。

しばらくすると、伝助が後ろから声を掛けてきた。

「若、あれを」

「ん」

堀川に架かる二ノ橋《に》から木挽橋《こびき》に掛けて、畝々《うねうね》と長蛇の列がつづいている。

いずれも、裃を着けた軽輩たちだ。尻を端折《はしよ》って寒そうな中間《ちゆうげん》に贈答品を担わせ、遅々とすすまぬ行列に辟易《へきえき》としながらも、難しそうな顔で並んでいた。

「田沼詣《もう》でか」

「さようですな」

もはや、正月恒例の風景となった観もある。列をなす者たちは若年寄田沼意知の拝領屋敷へ年始に訪れた禄無し連中にほかならず、誰もが忸怩《じくじ》たるおもいを秘めながらも、何としてでも役にありつきたいと願っていた。

「昨春は、若もお並びに」

「そうであったな。年始帳に記帳するだけのために、半日近くも並ばされた」

「贈答品は高価な俵物でございました」

「ご禁制の干し鮑《あわび》さ。よくぞ手に入れたものだ」

「若のご出世をご祈念《きねん》なされ、大奥様が闇の経路をたどってご手配なされたのでございます」

「闇の経路だと。はじめて聞くはなしだな」

「おや、さようですか」

伝助の惚《とぼ》けた顔が、唐土《もろこし》の宮廷に仕える宦官《かんがん》のようにみえてくる。

干し鮑を筆頭とする俵物は唐人に異様なほど高値で売れるため、いくら禁じても抜け荷をやる連中があとを絶たない。江戸にも俵物を闇でさばく闇市なるものが存在するという噂《うわさ》は聞いていた。もしかしたら、勝代は怪しい御用聞きを介して闇市から干し鮑を入手したのかもしれなかった。

「あのかかさまなら、やりかねぬわい。ま、どっちにしろ、やり損であったな」

出世どころか、百石減俸のうえで町奉行所へ飛ばされたのだ。

「されど、奉行所の与力さまと申せば、ご立派なお役目にござります」

「伝助よ、慰《なぐさ》めはいらぬ。どっちにしろ、金公事蔵で燻《くすぶ》るのうらく者に、干し鮑は似合わぬわ」

鮑で何を釣ろうとしたのか、今もってよくわからない。

侍らしく見栄《みえ》を張り、みなに倣《なら》って年始帳に記帳する。為政者の住む厳《いか》めしげな邸の門口に佇《たたず》み、鶏が絞められたような声で「御慶」と発すれば、つつがなく一年が始まると信じていたのだろう。

すべては、ただのおもいこみにすぎない。列に並ぶ者の誰ひとりとして、良い目をみることはないのだ。

「権勢に媚《こ》びる輩の何と憐《あわ》れなものか」

贈答品は為政者の目にすら触れず、大広間の隅に堆《うずたか》く積まれるだけのはなしだ。

田沼意知という人物は親の七光で出世した口なので、虐《しいた》げられた者たちの痛みを知らない。巷間の噂では、一昨年の夏、豪勢な築地屋敷の披露も兼ねて知己《ちき》を招き、不埒な企てで涼を求めつつ、一献振るまったらしい。大広間に天鵞絨《ビロード》の蒲団を敷き、縮緬《ちりめん》で土俵をつくり、女中奉公の娘たちを裸にして褌《ふんどし》を締めさせ、四股《しこ》名に植物の名を冠し、相撲を取らせたのだという。

為政者の驕《おご》りに、天も怒りをおぼえたのであろう。その夏、利根《とね》川の決壊で江戸は水浸しになり、浅間山の大噴火によって夥《おびただ》しい死傷者が出た。それからのちも、大飢饉《ききん》の引き金となった天災は相次ぎ、今や日本じゅうは疲弊《ひへい》の極みにある。

もはや、桃之進は怒りすらも感じない。

伝助は「すっかり丸くおなりで」と皮肉を言うが、怒りを通りこして呆れかえっているのだ。

いずれにしろ、田沼父子の落日も近いと、桃之進はみていた。

民意が離れてしまえば政事はすすまず、民意に耳を貸さぬ為政者は必ず失墜する。組織の枠から外れてみると、そうしたことが如実にわかるものだ。

腐った世の中を覆《くつがえ》せるものなら、覆してみたいともおもう。

だが、そうした力量がないこともわかっている。

ならばいったい、自分に何ができるのか。

田沼邸につづく行列を眺め、桃之進は歯痒《がゆ》さを感じずにはいられなかった。

二

主従は築地を離れ、大伝馬町《おおてんま》までやってきた。

周囲には木綿《もめん》問屋をはじめとした商家が軒を並べ、門口に顔を出すだけで年始の祝い酒にありつける。

「伝助、只酒《ただざけ》を呑んでいい気分になろう」

「はい」

伝助も嫌いなほうではないらしく、いそいそと従《つ》いてくる。

店の手代は物乞《ものご》いを「退《ど》け、退け」と叱《しか》りながらも、注連縄《しめなわ》で飾った薦樽《こもだる》から柄《ひ》杓《しゃく》で諸白《もろはく》を掬《すく》ってくれた。

「ふふ、これでこそ正月だな」

上等な酒を舐め、満足げに頷いてみせたものの、大伝馬町にやってきた理由は振るまい酒ではない。

絹の実家の呉服屋へ、年始の顔見世に訪れたのだ。

絹には「みっともないから、やめてくれ」と言われている。

たしかに、武家の主がわざわざ商家へ出向くのも妙なはなしだが、暮れに詮方なく生活費を無心した事情もあり、足を向けてみたのだ。

ところは大伝馬町二丁目の一画、魚河岸からつづく堀留の目抜き通りを挟んで南には富籤《とみくじ》興行で賑わう杉《すぎ》ノ森《もり》稲荷がある。

絹の実父は如才《じょさい》のない男で、賢《さか》しらな性分は狐に似た面相にもあらわれていた。

幸い、顔も性分も、絹の似ている点は少しもない。

実母は十余年前に他界し、妾《めかけ》がそのまま後妻にはいった。呉服屋を継ぐのは締まり屋の後妻とのあいだにできた子ときまっていたが、年はまだ十五に満たない。

他家の例に漏れず、葛籠家の台所事情も厳しいため、絹は勝代に内緒で何度か実家に生活費を借りていた。そのたびに「どうして、貧乏侍の家なんぞに輿《こし》入れさせたのか」と、実父は後妻に皮肉を言われたが、それも尤《もっと》もな言い分で、家格や金儲けの尺度からすれば、実父は娘の嫁ぎ先を読みちがえたと言うしかない。

桃之進の兄は眉目《びもく》秀麗《しゅうれい》、末は勘定吟味役と目されていたほどの秀才であった。その兄が頓死《とんし》し、事情は一変した。四十九日も過ぎたところで、絹を実家へ戻す手もあったが、嫁に出した娘は他人も同じなどと恰好をつけているうちに、舎弟の嫁に欲しいとの申し出があった。

調べてみると、弟の桃之進は今ひとつ、ぱっとしない。剣術はできるようだが、何よりも苛烈な競争を勝ちぬく覇気に乏《とぼ》しい。出世はたいして望めそうになかったが、それでも、出戻りの絹を他家へ嫁がせるとなれば、持参金を余計に積まねばならず、実父は慎重に算盤《そろばん》を弾いた末、そのまま葛籠家に居座らせることにきめた。

手短に言えばそういった経緯なので、実家から道具も同然に扱われた絹には同情を禁じ得ない。金の無心もさぞかし難儀なことだろうとおもい、せめて顔出しだけでもと足を向けたのだ。

おもったとおり、主は留守であった。

それでいい。顔をみせたというだけで義理は立つ。

見栄や外聞を捨てることで妻の顔を立てることができるのなら、そうすべきだと、
桃之進はおもう。

慇懃無礼《いんぎんぶれい》な後妻に「御慶」のひとことを残し、店をあとにしかけた。

ふと、店先をみやれば、若侍が敷居をまたぐべきか否か迷っている。

悪所で「浅黄裏《あさぎうら》」と嫌われる田舎《いなか》侍であることは、一目瞭然だった。

「もし、いかがなされた」

気軽に呼びかけると、若侍はどきりとした顔をする。

垢抜《あかぬ》けない風体だが、面構えはなかなかに凛々しい。

「反物《たんもの》をお求めなら、手代を呼びましょう」

「い、いいえ。お手をわずらわせるわけには」

「かまいませんよ。ここは妻の実家ですから。さ、ご遠慮なさらず」

「では、お願い申しあげます」

棒のようにからだを伸ばし、青剃りの月代《さかやき》頭をぺこりと下げる。

「お国元へのお土産ですかな」

「いかにも」

「どなたに差しあげなさるのか、お聞きしてもよろしいか。お相手によって、見繕《つくろ》う品も異なってまいりましょうからな」

「い、許嫁《いいなずけ》にございます」

若侍は耳まで赤く染め、俯いてしまう。

桃之進は純情なすがたに好感を抱きつつ、手代を呼んで反物を見繕わせた。

「年頃の武家娘に似つかわしい色をな、ひとつ頼んだぞ」

「へえ」

手代が選んだ品は、桜色よりやや濃い一斤《いっこん》染めであった。

一斤染めとは、反物二反を紅花一斤で染めた布のことだ。

なるほど、これなら値も手頃だなと、桃之進は膝を打つ。

若侍は喜びを隠しきれずに、何度もお辞儀をしてみせた。

「かたじけのうござります。おかげさまで、よい江戸土産ができました」

「なあに、礼にはおよばぬ」

「あの、ついでにと言っては何ですが、初薬師詣でにはどこへ伺《うかが》えばよろしいのでしよう」

「よく知られているのは、瑠璃光薬師《るりこう》を奉じる茅場町《かやば》の知泉院《ちせんいん》だが、あそこは人出が多すぎる。ちなみに、わしの一家は毎年、本所《ほんじょ》二ツ目の弥勒寺《みろくじ》に詣でることにしております」

「本所の弥勒寺」

「何か、格別の事情でも」

「はい。わが殿の御台《みだい》さまが眼病を患《わずら》っておいでで、ご病気平癒《へいゆ》の願掛けにと」

「それなら」

と、桃之進は左右の黒目を中央に寄せ、歌舞伎の立役よろしく見得を切った。

「めめめのめい」

「市川團十郎《いちかわだんじゅうろう》のまねですか」

「いやいや、めという字が向きあう向かいめの絵馬というものがあってな、これを奉納するとたいそう御利益があるという」

「向かいめの絵馬ですね。それはよいことをお聞きしました」

「しかし、ご立派なお心懸けだな」

「藩士として、当然のことです」

見掛けどおり、忠義に篤《あつ》い人柄らしい。

益々、気に入った。

「失礼だが、お国はどちらで」

「津軽《つがる》です」

「ほう、それはまた遠いところから。津軽はどちらです。弘前《ひろさき》の御城下かな」

「今は城下に住んでおります。生まれは深浦《ふかうら》のほうで」

「深浦と言えば行合崎《ゆきあいざき》、檜や杉を積んだ北前船《きたまえ》の寄港地ですな」

「よくご存じで」

「若いころ、奥羽《おうう》諸藩の仕置きを見聞する機会に恵まれ、深浦までは足を伸ばせなんだが、弘前の御城下にはまいりました。岩木山もこの目でみましたぞ。津軽富士と呼ばれるだけあって、それはすばらしい景色だった」

「季節はいつです」

「夏でござった。そうそう、ねぷた祭りにも遭遇できた」

極彩色の大灯籠《おおとうろう》が目抜き通りを練り歩く光景が、今でも眸子《まなこ》を瞑《つむ》れば鮮やかに蘇ってくる。

「いや、あの活気はすごかった。さようか、津軽さまの御家中であられたか」

「申し遅れました。勘定方の草壁又十郎《くさかべまたじゆうろう》と申します」

「拙者は葛籠桃之進、町奉行所の与力です」

「え、与力どの、それはおみそれいたしました」

「はは、どうでもよい金公事をあつかっております。そんな、たいそうなものではない」

「わたしは一期一会《いちごいちえ》ということばが好きで、書き初めにも書きました。葛籠さまのご厚情は、生涯、忘れません」

「だから、それほど大袈裟なことではないと申しておる」

「いいえ、江戸のお方のご親切に初めて触れたおもいがいたします。ほんとうに、ありがとうございました」

草壁又十郎は深々とお辞儀をし、礼儀正しく「それでは失礼つかまつる」と断って背中をみせた。

「若、なかなかどうして、立派なお侍じゃありませんか」

桃之進は伝助のことばに頷きながら、意気揚々と遠ざかる後ろ姿を見送った。

三

八日は薬師の縁日、諺《ことわざ》にも「朝観音に夕薬師」とあるように、本所弥勒寺の境内は夕方から賑《にぎ》わいをみせはじめる。

桃之進も絹と香苗を連れ、正月の恒例行事となった薬師詣でに訪れた。

絹の実母が眼病を患って苦しんでいたころから、弥勒寺のご本尊にはずっとお世話になってきた。もっとも、実母が亡くなったのは、絹がまだ嫂《あによめ》だったころのはなし。兄と嫂が母親の眼病平癒を願って熱心に祈るすがたは、忘れがたい光景として心に残っている。

今にしておもえば、あのころから嫂の絹を恋慕する気持ちは少なからずあった。

それは憧れにも似た気持ちで、けっしてよこしまなものではなく、おもいだせばいつも甘酸《あまず》っぱい気分にさせられる。

もしかしたら、初恋と呼ぶべき心情であったかもしれない。

詮索《せんさく》好きの知りあいに理由を問われれば「面倒だから嫂を貰った」などと言い訳じみた台詞を吐くこともあったが、心の底から望んでいっしょになったのだ。

弥勒寺を訪れると、そのことを新しい気持ちで強く感じることができる。

乳飲み子のころから詣でてきた香苗にとっても、絵馬に『め』の字を書いて奉納する行為はごくあたりまえの習慣になっていた。

「いっとう最初におぼえた仮名だからね」

胸を張る娘のすがたが、じつに愛らしい。

境内には植木や盆栽が所狭しと並べられ、参詣者の目を楽しませていた。

盆栽は松に梅、赤い実は千両万両《せんりょうまんりょう》、南天《なんてん》に藪柑子《やぶこうじ》、黄金色の花束は福寿草《ふくじゅそう》、緋色の花を鮮やかに咲かせた寒木瓜《かんぼけ》も好もしいが、桃之進の気を惹いたのは筵《むしろ》で霜囲いのほどこされた寒牡丹《かんぼたん》の鉢植えだった。

牡丹は初秋に葉を取っておくと、冬のうちに蕾《つぼみ》を付ける。丹精込めて育てた花は小さめで、花弁の淡い紅色は一斤染めを思い起こさせた。

「まあ、綺麗ね」

絹と香苗も頷きあい、目を釘付けにされている。

ためしに売値を聞いてみると、年季の入った植木屋は「縁起物なので末広がりの八百八十八文になりやす」と、鼻息も荒く言いはなった。

「べらぼうめ」

八百八十八文とは、三朱と百三十八文のことだ。

「米を二斗買っても、まだ釣りがくるではないか」

「いえいえ、旦那、米の値はここんところ鰻《うなぎ》登りでやんす。一斗買っても釣りはきやせんよ」

「そうなのか」

「おや、ご存じない。高えのは米ばかりじゃありやせんぜ。味噌も醬油も鰻登り。世の中、狂っちまっているんでさあ」

「おぬしの付けた値も狂っておるぞ。どう逆立ちしても、八百八十八文はべらぼうではないか」

「旦那、素見《ひやかし》ならご勘弁を」

「素見ではない。米一升分にまけてくれたら、その鉢、買ってもいい」

「一割で売れってのかい。ふん、ご冗談を」

「でもな、おぬしも言ったとおり、今は不景気だ。味噌や醬油もろくに買えぬのに、花なんぞに金を掛けられるか。な、どんな値を付けようとも、そう容易《たやす》く売れるものでもあるまいぞ。今わしに売れば、米一升は確実に食える。酒なら銚子八本は吞めるぞ。花はいずれ枯れる。枯れてしまえば一文にもなるまい。さあ、どうする」

桃之進は「どうか、おやめくだされ」と袖を引く絹を振りはらい、袖の内で小銭をじゃらつかせる。

植木屋はしばし悩んだあげく、素《す》っ頓狂《とんきょう》な声をあげた。

「売った。もってけ、どろぼう」

霜囲いを乱暴に取っ払い、鉢植えを差しだす。

「おう、そうか。むふふ」

手渡されてみると、鉢は存外に軽かった。

「その気もないのに、お買いになってしまわれて」

非難がましい絹の口をふさぐべく、桃之進は堂々と言ってのける。

「おぬしのために買ったのだ」

「えっ」

絹は呆気《あっけ》にとられ、ぽっと頬を赤らめた。

桃之進は鉢植えを香苗に持たせ、気恥ずかしさを押し隠すように、自分だけすたすた先へゆく。

すると。

大銀杏《おおいちょう》のそばから、女の悲鳴があがった。

「うわっ、てえへんだ。浅黄裏が斬られたぞ」

「どこだ、どこだ」

桃之進は、波のような群衆に背中を押された。

流されていったさきには人垣ができ、雪道には鮮血が撒《ま》かれている。

人垣の狭間から向こうを覗くと、月代頭の若侍が俯《うつぶ》せに倒れていた。

「まだ息があるぜ」

「ほんとだ。手が震えてる」

弥次馬どもは囁《ささや》きかわすだけで、助けようともしない。

若侍は刀を抜いた形跡もなく、右手に血染めの布を握りしめている。

その手が小刻みに、震えているのだ。

「あっ」

桃之進は仰天した。

侍が握っているのは、一斤染めの反物ではないか。

「退けい」

人垣を掻きわけて駆けより、侍を抱きおこす。

桃之進の顔から、さあっと血の気が失《う》せた。

「やはり、おぬしか」

津軽侍の草壁又十郎であった。

虚《うつ》ろな眼差しで何かを訴えかけている。

「どうした。申してみよ」

桃之進は、震える唇もとに耳を近づけた。

草壁は歯を食いしばり、いまわのことばを搾《しぼ》りだす。

「ぬ……ぬがた」

そう、聞こえた。

「きょうか、す…」

と、さらに何事かをつぶやいて力尽き、草壁はかくんと首を後ろに落とす。

両目を瞠《みは》って宙を睨《にら》み、呆気なくもこときれてしまった。

桃之進が瞼《まぶた》を閉じてやると、老いた僧侶が近寄ってきた。

「わたしは弥勒寺の住職じゃ。差しつかえなくば弔《とむら》って進ぜるが」

「それはありがたい。なれど、ほとけにも事情がござりましょう」

桃之進は草壁の素性を告げ、自分との関わりを手短に説いた。

住職は頷き、寺小姓を呼びにやらす。

寺社境内における刃傷沙汰の始末は、寺社奉行ではなく町奉行の役目、桃之進にもやらねばならぬことはある。とりあえずは住職に使いを頼み、定町廻りの轟三郎兵衛を呼びつけることにした。

気づいてみれば、絹と香苗がそばに立っている。

「その一斤染め、実家でお求めいただいた反物なのですね」

「ああ、許嫁への江戸土産さ」

「それはさぞかし、ご無念なことでしょう」

「袖摺《そです》りあうだけの縁であったが、わしとて無念でならぬ」

なにせ、弥勒寺に導いたのは自分なのだ。

これでは、死神の役目を演じたのと変わりないではないか。

「お察しいたします」

瞳を潤《うる》ませる絹のかたわらで、香苗はしゃくりあげている。

人の死をこれほど間近でみたのは、生まれてはじめてのことなのだ。

「泣くな。武士の娘なら、死を恐れてはならぬ」

桃之進にしてはめずらしく、凛《りん》とした口調で言いはなった。

香苗の抱える寒牡丹の花弁が、涙に濡れて艶めいている。

「憐《あわ》れな」

桃之進は若侍の死に顔をみつめ、口惜《くちお》しげに吐きすてた。

四

夜、轟三郎兵衛を飯田《いいだ》町の軍鶏《しやも》鍋屋に誘った。

八丁堀に引っ越す以前まで住んでいた蟋蟀《こおろぎ》橋を渡ったさき、もちのき坂の坂下だ。暖簾《のれん》を振りわけると、出汁《だし》の匂いがただよってくる。『軍鶏源《げん》』は出汁の取り方が上手いと評判の店で、造作こそ煤《すす》けて汚いものの、雄藩の留守居役なども人伝《ひとづて》に評判を聞いてやってくるほどの見世であった。

ひととおりの調べを終えた三郎兵衛によれば、草壁又十郎が斬られたのは、浪人と中間《ちゆうげん》のくだらぬ喧嘩《けんか》に巻きこまれたからだという。浪人の背後から「おやめなされ」と呼びかけた途端、抜き打ちに胴を薙《な》がれたらしい。

「小腸《ひやくしろ》まで断たれるほどの深手でした。されど、草壁どのは剣にかなりのおぼえがおありだったとみえ、腰を引いて避けようとなされた節がございました。腰を引いておらねば、生き胴を輪切りにされていたかもしれません」

「生き胴をか」

「はい。かほどに凄まじい太刀行であったと、床几《しょうぎ》の端で眺めていた痩《や》せ浪人が証言いたしました」

胴をふたつにされていたら、いまわの台詞も耳にできなかった。

「して、草壁又十郎を斬った浪人の素性は」

「わかりません。五分月代《さかやき》で髭面のむさ苦しい男であったとしか」

「むさ苦しい男な」

そんなやつは、どこにでもいる。衆人環視のもとであったにもかかわらず、浪人の印象は希薄だった。

「中間のほうはどうだ」

「同じです。どこにでも転がっている半端者《はんぱもの》としか」

「ま、そうしたものさ」

人の記憶など、当てにならぬ。

ともあれ、浪人と中間は赤の他人同士で、口論の原因は中間のほうが浪人の肩に触れたとか触れないとか、そういったたぐいのことだった。

「理不尽なはなしだな。声を掛けただけで落命するとは」

「葛籠さまはほとけと、奥様のご実家でお会いになられたそうですね」

「誰に聞いた」

「弥勒寺のご住職にお聞きしました。なんでも、一斤染めの反物を選んでおやりになったとか」

「手代が選んだのさ。許嫁への江戸土産をな」

「許嫁の……そうでしたか。憐れなはなしだ」

湯気を立てた鍋が運ばれてきた。

これを、焼き石を並べた敷台に載せる。

ぐつぐつと音を起《た》てて煮えたぎった汁のなかに、軍鶏肉と野菜をぶちこむ。

もわっと、湯気が踊った。

「ふふ、これよこれ」

昆布を敷き、軍鶏の頭と足を生姜《しょうが》といっしょに煮込んだ出汁は絶品で、笊《ざる》にどっさり盛られた腿肉は光沢を帯びていた。別の笊に盛られた野菜も、大根、里芋、椎茸《しいたけ》と豊富に揃っており、出汁を吸った野菜を食べると、からだじゅうが火照《ほて》ってくる。

「ほれ、ぶちこめ」

「は」

三郎兵衛は袖をまくり、不器用な箸さばきで具を摘む。

桃之進はみていられず、手摑みで具を鍋にぶちこんだ。

「豪快ですな」

「あたりまえだ。鍋は豪快に食うが命」

「ふは、そのとおりでござる」

三郎兵衛も手摑みで、どんどん入れてゆく。

「あまり煮込まずに食えよ」

「はい」

三郎兵衛は口をはふはふさせ、軍鶏肉をやつぎばやにたいらげた。

その様子を楽しげにみつめ、桃之進は燗酒を舐める。

腹が落ちついたところで、猪口に酒を注いでやった。

「ところで、下手人の探索は徹底しておこなうのであろうな」

「それが」

三郎兵衛は言いよどみ、渋い顔で猪口を置いた。

「上から、待ったが掛かりました」

「どうして」

「何でも、弘前藩からの要請で、探索無用とのことらしく」

「妙だな」

国元からやってきた家臣が、江戸で不慮の死を遂げたのだ。通常であれば、藩の沽《こ》券《けん》に賭けても下手人を捜そうとするはずだし、町奉行所にも合力の要請があるはずだった。

「わたしも、妙だなとおもい」

「調べたか」

「は、少し」

三郎兵衛は月代を指で掻き、周囲に目を配った。

「聞いている者など、おらぬわ」

「はあ」

「何かわかったか」

「草壁どのが江戸へ出てこられたのは、三月《みつき》もまえのことだそうです。何でも、弘前藩の江戸家老宛に国家老の返書を携《たずさ》えてこられたのだとか」

「国家老の返書」

「はい」

弘前藩から探索無用との要請がなされる直前、三郎兵衛が藩の検死役から粘りに粘って聞きだした内容らしい。

「江戸におわす殿様が何かと物入りで、困った江戸家老が国元へまとまった仕送りを頼んだのですが、弘前藩の領内はこたびの飢饉で疲弊しきっており、飢えた領民たちの怒りが明日にでも爆発しかねない。そうした情勢下、とてもではないが、余分な仕送りはできない。そういった内容の返書だそうです」

「すると、草壁又十郎は国家老の使者として寄こされたわけか。しかし、妙だぞ。草壁はみずからの役目を勘定方だと言った。一介の勘定方が重要な返書の使いをやらされるか」

「使いが三月も江戸に滞在したことも、引っかかりますね」

「何かを調べておったのかもしれぬな」

「何かとは」

「わからぬ。邪推《じゃすい》の域を出ぬが、国家老の密命を帯びておったのかも」

「なるほど。勘定方は表の顔で、じつは隠密御用をおこなうべく、江戸表へ寄こされた。ふうむ、臭ってきたぞ。弘前藩から探索無用の申し出があったこととも関わりがありそうだな」

「おぬしにしては、冴《さ》えておるではないか」

「それは、褒《ほ》めておられるのですか」

「そうさ。ほれ、軍鶏を食え」

「はあ」

三郎兵衛の箸は勢いを失い、肉を咀嚼《そしやく》する口も何やら牛のようだ。

「どうした」

「放っておけぬような気がして」

「定町廻りの出る幕ではなかろう」

下手に動けば、上から叱責《しっせき》されるにちがいない。

「では、葛籠さまはこのまま、放っておくおつもりですか」

「詮方あるまい」

草壁又十郎とは袖摺りあっただけの縁、その死を悼《いた》みこそすれ、死の原因を遡《さかのぼ》ってゆくまでの義理はない。安らかに眠ってくれることだけを、ただひたすら祈るしかなかった。

「歯痒《がゆ》いですな」

三郎兵衛の気持ちはわかる。が、やはり、この一件に首を突っこむ理由は見いだせない。

「草壁又十郎は運悪く、外れ籤《くじ》を引いてしまったのだ」

「外れ籤ですか」

いや待て、ほんとうにそうだろうか。

桃之進は、いまわの台詞をおもいだした。

「三郎兵衛よ」

「はあ、何でしょう」

「津軽弁で、ぬがたとはどういう意味かな」

「ぬがた……はて、抜かったとか、気づかなかったとか、そういう意味ではありませんか」

「うぬ」

桃之進は唸《うな》った。

――抜かった。

死に際にそう吐いたとするならば、草壁は刀を抜いた相手を知っていた公算が大きくなる。見知った相手に斬られたとなれば、罠《わな》に塡《は》められた線も否定できなくなってこよう。

桃之進は、津軽の若侍が口にした「一期一会」ということばを噛《か》みしめた。

五

三日後、十一日は鏡開き。

町奉行所では、公方より美濃米の下賜《かし》がある。

「お米をお願いいたします」

桃之進は絹に尻を叩かれ、北町奉行所へ出仕した。

正月は酔っぱらい同士の喧嘩や揉め事が絶えず、吟味方や廻り方は忙《せわ》しないが、金公事蔵の三人は欠伸《あくび》を噛み殺している。

そこへ、みずからを『大福屋《だいふくや》』と名乗る本所の金貸しがやってきた。

安島左内に申立書を取りあげてもらった幸運な男だ。申立書によれば、年は四十二とのことだが、白髪が目立つ頭のせいか、十は老けてみえる。

一方、金を借りて返さない不届き者の名は岩三《いわぞう》、ろくでもない渡り中間とのことだった。ほどもなく、岡っ引きの甚吉に連れてこられる手筈になっている。

それまでのあいだ、桃之進は暇つぶしも兼ね、安島と大福屋のやりとりを聞くともなしに聞いていた。

「貸した金というのは、利子もふくめて十五両であったな」

「へえ」

「それだけの大金を、よくぞ渡り中間風情《ふぜい》に貸したものだ」

「さるお方が請人になると聞き、つい」

「さるお方とは」

「大館九太夫《おおだちきゅうだゆう》さまでござります」

「大館、誰だそれは」

「津軽屋敷の次席家老さまで」

津軽と聞き、桃之進は膝《ひざ》を乗りだす。

大福屋は怖《お》ず怖ずとしながらも、皮肉まじりに喋りつづけた。

「津軽屋敷の大館さまといえば、花街で知らぬものとてないお遊び上手。世知辛《せちがら》いご時世にもかかわらず、強欲商人の接待で夜ごと柳橋やら辰巳《たつみ》やらに繰りだしては、芸妓と戯《たわむ》れておいでのご様子。ぐふふ、そうした名のあるお方のお墨付きをいただけるというのならば、いかに相手が渡り中間といえども、信用しないわけにはまいりません」

金を貸さないというのなら、弘前藩十万石に泥を塗ることになると、仕舞いには岩三に凄《すご》まれたらしい。

「それで、担保も無しに金を貸した。おめえ、莫迦《ばか》じゃねえのか」

安島はうっかり地金を晒《さら》し、ぺろっと舌を出す。

大福屋は小便を引っかけられた蛙のような面で、苦しげに呻《うめ》いた。

「ええ、仰るとおり、あたしゃ莫迦なんです。金貸しのくせして要領がわるいから、嫁のきてもねえんだ。ええ、そうですよ。四十面さげて独り身でね、恥ずかしいったらありゃしねえ」

「まあ、そうやって自分を責めるな。今年は本厄《ほんやく》でもあるし、厄を抜ければきっと良いこともあろうさ」

「慰めは無用に願います。あたしなんざ、一生、このまんま嫁も貰えずに死んでゆくんだ。くそっ、金なんぞより、嫁が欲しい」

放っておけば、はなしはどんどん脇道に逸《そ》れてゆく。

ともかく、大福屋としてはいざとなれば、請人の欄に「大館九太夫」と記された貸付証文を握りしめ、津軽屋敷へ怒鳴りこむ腹であった。しかし、そのようなことができるはずもなく、一度だけ本所二ツ目の上屋敷を訪ねてはみたものの、六尺棒を手にした門番に体《てい》よく追いはらわれたという。

「陪臣《ばいしん》のお墨付きなんぞ、あってなきようなものさ。だから、莫迦だと申したのだ。しかし、どうもわからぬ」

「何がでござりましょう」

「恐れ多くも十万石の次席家老が、見も知らぬ渡り中間風情の請人なぞになるか」

安島は眉根を寄せ、桃之進をちらりとみた。

よほどの事情でもないかぎり、請人になることはまずあり得ない。

大福屋も当然のごとく、お墨付きが偽物ではないかと疑ってみたものの、筆跡調べの筆耕屋に持ちこんでみると、数日後、大館九太夫の筆跡にまちがいないことが判明した。

桃之進はさきほどから、渡り中間の素性《すじょう》が気になっている。

安島もそれと察したらしく、さらりと話題を変えた。

「岩三には、催促したのであろうな」

「へえ、何度となくいたしました。つい一昨日も裏長屋を訪ね、本人に会えたのですが、無い袖は触れぬの一点張りで。あの野郎、仕舞いには『一日遅かったな。昨日なら耳を揃えて返せただろうに』などと、ふざけたことを抜かしました」

まとまった金を手にしたはいいが、鉄火場で丁半博打につぎこみ、ひと晩でおけらになったと、岩三はおどけてみせた。大福屋は殺意さえおぼえたが、怒りをぐっと抑えこんだ。

「それでも、お天道様はあたしを見放さなかった。店に戻ってまいりますと、洲走りの親分さんから、御奉行所へ出向いてこいとのありがたいお言付けがござりました。ゆえに、こうして顔を出させていただいたわけで。お役人さま、手前は貸した金のことよりも、岩三に心から謝ってもらいたい。屑《くず》野郎の殊勝な面を、この目でみたいのでございます」

桃之進が膝を寄せ、おもむろに口をひらいた。

「ひとつ、おぬしに聞きたいことがある」

「へえ、何でしょう」

「岩三がまとまった金をどうやって手にできたのか、問うてはみなかったのか」

「だめもとで聞いてみました」

するとと、岩三はへらつきながらも、大館九太夫との関わりを示唆《しさ》したという。

「でも、詳しいことは何ひとつ、喋りませんでした」

「薬師詣でに行ったさきで喧嘩に巻きこまれたとか、そのようなはなしもしておらなんだか」

「いいえ、いっこうに」

「わかった。もうよい」

「へえ」

安島がぽかんと口を開け、不思議そうにこちらをみつめている。

津軽の名が出た瞬間、弥勒寺の境内で喧嘩沙汰《ざた》を起こした渡り中間が岩三ではないかと、桃之進は疑った。

確信はないが、どうも怪しい。

もっとも、焦ることはなかった。あとで本人に糺《ただ》せばよいことだ。

ところが、待てど暮らせど、岩三は金公事蔵にあらわれなかった。

洲走りの甚吉が口惜しげに「あの野郎、とんずらしやがった」と告げにきたのは、うなだれた大福屋が去って小半刻ほど経ったあとのことである。

桃之進は甚吉に命じて、岩三の人相書を描かせることにした。

六

十五日、小役人は小正月でも出仕しなければならない。

だが、安島は正月明けにひいた風邪をこじらせたらしく、出仕できぬ旨《むね》の伝言が家からもたらされた。

「御城の吹上《ふきあげ》苑で大凧《だこ》をあげたはなし、ご存じですか」

馬淵がめずらしく、世間話をしかけてくる。

「大凧……あったな」

桃之進は、関心もなさそうに応じた。

「公方さまの御前で側衆が吊りあげられ、不運にも振りおとされて落命された御仁もあったと聞いたが」

「お亡くなりになったのは、御側用人の堀田《ほった》豊前守《ぶぜんのかみ》さまだそうです。大凧は縦四間に横二間の代物《しろもの》。やはり、それだけの大きさがありますと、人を何人もぶらさげて空高く舞いあがることができるのですな」

馬淵は小さな窓を眺め、遠い目をしてみせる。

逝《い》った者のことよりも、凧に興味があるらしい。

四角い大凧に乗って、どこかに飛んでいきたいのだろうか。

「ま、わかるような気がせんでもない」

日がな一日黴《かび》臭い蔵に籠もっていると、たしかに息が詰まりそうになる。

「葛籠さま、陽気も良いようですし、鶯《うぐいす》の初音《はつね》でも聴きにまいりませぬか」

「初音といえば、根岸《ねぎし》か」

「いいえ。亀戸《かめいど》の梅屋敷にござります」

「なるほど、梅に鶯か。されど、梅はまだ咲いておるまい。初音のほかに何か理由がありそうだな」

「さすがに勘がよろしい。じつは、洲走りの甚吉が待っております。渡り中間の岩三を捜しだしたとのことで」

「ん、そうか」

「甚吉のやつ、岡っ引きの意地をみせました」

ふたりはさっそく蔵を出て、一路、柳橋へ向かった。

船宿で小舟を調達し、凍《い》てつく大川を斜めに突っきる。

対岸の竪川《たてかわ》へ舳先《へさき》をすすめ、本所を南北に繋《つな》ぐ一ツ目、二ツ目、三ツ目之橋を通過し、さらに四ツ目之橋も通りすぎた。

三町ほどさきの三ツ股を左手に曲がれば、十間川《じっけん》へ滑りこむ。

あとはひたすら北上し、右手に亀戸天神や萩寺として知られる龍眼寺《りゅうがんじ》を眺めながら北十間川へと向かう。

舟便のほうが徒歩よりも遙《はる》かに早いが、それでも、梅屋敷を指呼《しこ》におさめるころには西の空が茜《あかね》に染まっていた。

北十間川との落ちあいを右手に曲がって漕ぎすすめば、すぐに境橋《さかい》がみえてくる。

橋のたもとで小舟を降り、ふたりは梅屋敷の門を潜った。

境内は薄く雪に覆われ、林をなす梅の幹はすべて筵で包んである。

蕾は頑《かたく》なに閉じたまま、開花の気配すら感じられなかった。

吹きぬける風は冷たく、鶯の初音どころではない。

甚吉は閑散とした茶屋で一杯飲《や》りながら、のんびりとふたりを待っていた。

「ささ、旦那方もいかがです。なにせ、あと半刻ほどしねえと、賭場は開きやせん」

「ほう、岩三は賭場に来るのか」

桃之進は洟水《はなみず》を啜り、緋毛氈《ひもうせん》の上に置かれた丸火鉢を抱えこむ。

茶屋の親爺が、熱燗を運んできた。

下戸の馬淵は、こっそり汁粉を頼んでいる。

「へへ、田圃《たんぼ》の向こうに大名屋敷の海鼠塀《なまこ》がみえやすでしょう。中間部屋では夜な夜な、丁半博打がおこなわれるんですよ」

甚吉は酌をしながら、声をひそめる。

「ふうん」

燗酒を舐めたそばから、桃之進は膝を打った。

「そこは津軽屋敷ではないか」

「ご名答でござんす」

府内の外れにある津軽越中守《えっちゅうのかみ》の下屋敷では堂々と賭場が開帳されており、渡り中間の岩三もちょくちょく顔を出すのだという。

「岩三の人相書をつくらせせやした。どうぞ、ご覧ください」

差しだされた人相書には、狡猾《こうかつ》そうな狐顔の三十路男が描かれている。

甚吉は、にやりと笑った。

「調べやしたよ。葛籠さまのご推察どおり、弥勒寺の境内で喧嘩をやらかした半端者は岩三にまちがいねえ」

「ふうむ」

馬淵が口に汁粉を付けたまま、難しそうな顔で唸った。

「喧嘩をやらかした岩三も、喧嘩に巻きこまれた草壁又十郎も、津軽家に関わっているというわけか。葛籠さま、これは偶然でしょうか」

「いいや、偶然とはおもえぬ」

梅屋敷の周辺は、すでに暮れかかっていた。

「旦那方、そろりとめえりやしょうか」

甚吉が口を竹輪《ちくわ》のように尖《とが》らせ、ついと腰をあげる。

こうなったら岩三を捕まえ、洗いざらい吐かせるしかあるまい。

三人は柳島《やなぎしま》村の田圃道を突っきり、津軽屋敷の裏口までやってきた。

右手は南北に長々とつづく津軽屋敷の海鼠塀、左手は光明寺《こうみようじ》と譜門院《ふもんいん》の築地《ついじ》塀、そのあいだに伸びた暗渠のような細道を、提灯ひとつ掲げずにすすむのである。

手探りでしばらくすすむと、海鼠塀の途切れたあたりに掛け行灯《あんどん》がぽつんと灯《とも》っていた。

客待ちの若党がひとり、内から顔を差しだす。

どうやら暗すぎて、こちらには気づかぬようだ。

三人は側溝に潜み、賭場にやってくる連中を見張った。

小半刻ほど経つと、あたりは漆黒の闇と化してしまう。

月の出る気配もないので、雪明かりはあてにならない。

やがて、提灯の光とともに、風体の卑《いや》しい浪人者や渡り中間がどこからともなくやってきた。なかには、深川の岡場所へ繰りだすまえに景気でもつけにきたのか、商家の若旦那然とした遊冶郎《ゆうやろう》もいる。

さらに半刻ほど、寒さに震えながら待ちつづけた。

闇に目が慣れたせいか、客の人相は判別がつく。

「今宵《こよい》は来ぬか」

あきらめ半分に漏らしたとき、狐顔の中間が暗闇からあらわれた。

小田原提灯をぶらさげ、呑気《のんき》な面で小走りにやってくる。

「岩三だ」

馬淵が影のように動き、正面に立ちはだかった。

甚吉は逃げられぬよう、背後を抑えにかかる。

「うえっ、何だてめえら」

叫ぼうとした途端、岩三は呆気なく捕まった。

馬淵に当て身を食わされ、提灯を取りおとす。

駆け寄った甚吉が提灯を拾ったとき、ふいに裏木戸が開いた。

杏葉牡丹《ぎょうようぼたん》の家紋が描かれた提灯とともに、無精髭《ぶしょうひげ》の目立つむさ苦しい浪人が顔をみせる。

「おぬしら、その中間をどうするのだ」

浪人は重々しく発し、刀の柄に手を掛けた。

縦も横もあり、物腰はどっしりとしている。

まちがいない。弥勒寺の境内で草壁又十郎を斬った男だなと、桃之進は察した。

異様な迫力に気圧《けお》され、金縛りにでもあったように動けない。

側溝から抜けだせずにいると、

「しゃらくせえ」

甚吉が叫び、十手を抜いた。

馬淵は十手を携えていないので、背後からじっと様子を窺っている。

「ふん、鼠《ねずみ》どもめ」

浪人は提灯を抛《ほう》り、しゃっと刀を鞘走る。

さほど長さは無いが、幅広で反りの深い刀だ。

行灯に照らされた刃は蒼白く光り、対峙《たいじ》する相手を竦《すく》みあがらせた。

「くそったれ」

甚吉は十手を翳《かざ》したまま、一歩も動けない。

「されば、こっちからまいるぞ」

浪人は鋭く踏みこむや、下段から重い一撃を繰りだした。

「はりゃ……っ」

水平斬りである。

内から外に大きく弧を描いた刃先が、野太い閃光となって襲いかかった。

「うへっ」

甚吉は尻餅をつき、顎《あご》をわなわなと震わせる。

それでも、馬淵は前へ出ていかない。

数歩後ずさり、懐中から珍妙な得物を取りだした。

左手で熊手のようなものを握り、熊手の先端に付いた長い鎖を右手でまわしはじめる。鎖竜吒《くさりりゅうた》であった。ぶんぶんと音を起てる鎖は十二尺もあり、先端には鉄球が付いていた。

「ふん、子どもだましよ」

浪人は嘯《うそぶ》きつつも、わずかに後ずさった。

刹那《せつな》、桃之進が動いた。

「ふわあああ」

腹の底から雄叫びをあげ、まるで、ここが合戦場でもあるかのように、抜刀しながら駆けてゆく。

「ぬがた。もうひとりおったか」

浪人は眸子《まなこ》を剝き、こちらに正面を向ける。

「すりゃ……っ」

桃之進はたたらを踏むような恰好で、突きかかっていった。

足軽が捨て身で向かってゆくような光景だが、不意を衝いたことが功を奏した。

刀の先端が、浪人の左肩を剔《えぐ》ったのだ。

「ぬおっ」

返しの一撃を浴びせるや、浪人は木戸の内へすがたを消した。

嘘のような沈黙が、あたりを支配する。

ぶんぶんと、馬淵は鎖竜吒をまわしつづけていた。

桃之進は、詰めていた息を一気に吐きだした。

「くそっ、やられちまった」

甚吉は初太刀を躱《かわ》せなかったらしく、腹のあたりを血だらけにしている。

桃之進は咄嗟に、自分の腹をみた。

着物が真横に断たれ、ぺろりと舌を出している。

「恐ろしや、生き胴横薙ぎ」

返しの太刀でなければ、胴を断たれていたにちがいない。

「葛籠さま、甚吉の傷は浅うございます」

馬淵が、掠《かす》れた声で囁きかけてくる。

一刻も早く逃げねばならぬと、桃之進はおもった。

ところが、歩きだした途端、ふくらはぎが痙《つ》ってしまった。

七

玄関の軒先には、弥勒寺の境内で求めた寒牡丹の鉢植えが置いてある。

香苗がこまめに水をやり、だいじに育ててくれていた。

「それにしても」

眸子を瞑れば、胴斬りの太刀筋が浮かんでくる。

不安を拭いさりたい一心で、桃之進はひたすら木刀を振りこんだ。

捕らえた岩三を責めてわかったことは、やはり、弥勒寺の境内での喧嘩沙汰が猿芝居だったということだった。

ただし、岩三は浪人の氏素性を知らない。賭場で声を掛けられ、喧嘩を仕掛けたようにみせかけるだけで三両払うと持ちかけられた。罠に塡める侍の顔は教えられていたが、こちらも氏素性は明かされておらず、余計なことは聞くまいと察した。いずれにしろ、あの場であっさり相手の侍が斬られてしまうなど想像もつかなかったという。

岩三が脅《おび》えながら吐いた内容に嘘はなさそうだった。

すべては草壁又十郎を油断させ、まちがいなく葬《ほうむ》るために、最初から仕組まれたことなのだ。

草壁は国家老の返書を携え、江戸へやってきた。そして三月も滞在し、いよいよ国元へ帰る段になって命を絶たれた。

おそらくは何らかの密命を帯び、探索をおこなっていたにちがいない。

首尾よく役目をやり遂げたがゆえに、消されたのではあるまいか。

桃之進は門松に似せた竹筒を藁《わら》で包んで庭に置き、蛤《はまぐり》刃《ば》の木刀で竹筒を叩きながら考えつづけた。

「ふえい、ふえい」

一打一打に、気合いが込められている。

いったい、草壁は何を調べていたのか。

からくりを解きあかそうとすれば、浪人との対決は避けられそうにない。

「手強い相手だ」

あの胴斬りをやぶるには、はて、どうしたものか。

「ふえい、ふえい」

非番の日などは、朝から晩まで竹筒を叩きつづけているので、勝代や絹に幾度となく「お静かに、お静かに」と懇願《こんがん》された。

ところが、桃之進は「寒稽古は長生きの秘訣なり」と嘯《うそぶ》き、聞く耳を持たない。

ついやりすぎて、腕や足腰の筋を痛めるといったこともあったが、生き胴をふたつにされることをおもえば、必死にならざるを得なかった。

「何をそう、死に急ぐのです」

勘の良い勝代は問いかけつつも、仕舞いにはみずからも白鉢巻きに襷掛けで横に並び、腹の底から「でい、でい」と発する気合いも凜々しく、薙刀を振りはじめた。

ともあれ、そんな調子で闇雲に稽古を繰りかえし、丸七日が経過した日の朝、自邸を訪ねてくる旅の女があった。

「ごめんくださりませ」

応対に出た絹は事情《わけ》ありの相手とでも勘違いしたのか、あからさまに非難がましい顔を向けてくる。

桃之進は慌てて手を振り、知らぬ知らぬと首も振る。

玄関先に急いで足を向けると、軒先にぶらさがった削り掛けのしたに、小柄な武家娘が佇んでいた。

年は十七、八か。

顔は小作りで愛らしいものの、黒目がちの眸子《まなこ》と引きむすんだ朱唇には勝ち気な性分が垣間《かいま》見える。

「津軽弘前藩手廻番頭《てまわりばんがしら》、鰺沢蔵人《あじさわくらんど》が娘、杏香《きようか》と申します」

わけもなく、心ノ臓がどきんと鼓動を打った。

「そなた……まさか、草壁又十郎どのの」

「はい。許嫁にござります」

国元で草壁の急死を知り、矢も楯もたまらず江戸へ馳《は》せ参じたのだという。

「まことかよ」

弘前から江戸までは百八十四里。東海道が百二十六里なので、想像を遙かに超える道程の長さだ。雪深い峠《とうげ》など、今の時季は難所も増える。許嫁のことをどれだけおもっていても、容易に馳せ参じることのできる遠さではない。しかも、年頃の武家娘が領内から出るのは、ほとんどありえないはなしといっても過言ではなかった。

「驚いたな。津軽から遙々、ひとりでみえられたのか」

「いいえ、叔父がたまさか江戸藩邸へおもむく用がござりましたもので」

嫌がる叔父を説きふせ、江戸まで連れてきてもらった。そして、旅の埃《ほこり》も払わぬうちに、許嫁が不慮の死を遂げた弥勒寺を訪ね、住職から最期を看取った桃之進の所在を聞きだしたのだという。

「ま、立ち話も何だから、おあがりなさい」

遠慮する杏香の手を取り、居間へ通す。

勝代は茶会、香苗は習い事、竹之進は廓《くるわ》、三人とも留守なのでうるさい連中に詮索される心配はない。

絹はどうやら事情を察したらしく、何やかやと気を遣《つか》いはじめた。

杏香は恐縮しつつも、淹《い》れたての茶を呑んでひと息吐き、どうにか落ちついたところで、いきなり核心に触れた。

「又十郎さまは、いまわに何と仰せになったのでしょう」

なるほど、それを聞きたかったのだ。

「さよう。草壁どのはまず、ぬかだと言われた」

「ぬかだ」

「おそらく、抜かったと言いたかったにちがいない。それから、だいじなおなごの名を口にした。きょうかとな」

杏香はぐっと詰まり、口を歪《ゆが》めながら何とかことばを接《つ》いだ。

「つづくおことばは何か……あ、ありませなんだか」

「あった」

桃之進は襟を正し、さらりと言ってのける。

「すまぬ、あやまちだった。そう言い、こときれた」

「すまぬ……あ、あやまちだった」

「意味はわからぬ。だが、この耳でたしかに聞いた」

杏香は押し黙った。

瞳には悲しみでなく、怒りの色を滲《にじ》ませている。

危ういなと、桃之進は直感した。

「これでは犬死にです。あまりに……あまりに理不尽で、我慢がなりませぬ」

草壁家と鰺沢家は家格もほぼ同等で、たがいに物心ついたときから将来はいっしょになるものだとおもっていた。

「心中はお察しいたす」

言ったそばから、桃之進は驚かされた。

「斬った相手を八つ裂きにしてやりたい」

と、杏香がほとばしるように発したからだ。

「その一念で、津軽から馳せ参じたのでござります。又十郎さまはきっと、大館九太夫の手で罠《わな》に塡められたに相違ない」

「大館九太夫」

という名を聞き、桃之進は眉をひそめた。

津軽家の江戸次席家老。岩三の口からも漏れた名であった。

岩三は大福屋なる本所の金貸しから金を借りる際、大館九太夫が請人になると豪語した。確かめてみると、貸付証文に記された名は本物だった。猿芝居に加担する条件として、浪人のほうから報酬の三両とは別に「偉い人物のお墨付きが欲しいか」と打診されたのだという。岩三は一も二もなく頷き、大福屋から預かった貸付証文を手渡した。すると、数日後、次席家老の名が記された貸付証文が戻ってきたらしい。胡散《うさん》臭いはなしではあったが、浪人と大館に何らかの繋《つな》がりがあることは想像に難くない。

杏香の口から「大館九太夫」の名が漏れた途端、桃之進はおやと首をかしげた。

「江戸にあって、虎視眈々《こしたんたん》と家老の座を狙っている人物と聞いております」

「誰に聞いたのだ」

「城下の噂です」

「ほう」

溜息を吐きつつ、桃之進は厳しい口調で問うた。

「そもそも、草壁どのは江戸に何をしにまいられたのか」

「国元の密命を帯び、とある脱藩者の追捕《ついぶ》にまいったのでござります」

「それも噂で聞いたのか」

「いいえ、本人から文を預かっておりました」

「なに、文を」

「はい。自分は追手番に任命されたゆえ、これから江戸へ発《た》たねばならぬ。もしも、自分にまんがいちのことがあったら開けてほしいと、そう告げられて渡された文にござります」

今となってみれば、それが遺書になってしまったと、杏香は嘆《なげ》く。

「はて、追手番とは聞き慣れぬ役目だが」

問うてみると、それは総勢四百五十人の番方三組から選り抜かれた追捕人のことだという。

弘前藩の備えは山鹿《やまが》流兵法に則《のっと》り、士分の主力を手廻組と馬廻組と留守居組の三手に分けている。総勢十五組四百五十人、これを番方三組と呼び、平常は弘前城本丸御殿の外廻りに任じられているのだが、犯科人の追捕や討ち捨てといった追手番の特命が、前触れもなく、誰かのもとにもたらされる。月番老中から用番の組頭に密命のしたためられた密書が渡され、早急に適任者が選ばれるのだ。

「又十郎さまは小野《おの》派一刀流を修められた城下屈指の剣客、名誉ある追手番に選ばれても不思議ではありません。ただし、こたびはいつもと様子が異なり、何やら念が入っておりました」

草壁又十郎は半年前にわざわざ馬廻役の任を解かれ、勘定方に移されたのち、江戸表へ遣わされた。

すべては、隠密裡《り》に事をはこぶための手管であったに相違ないと、杏香は言う。

「藩内にも、又十郎さまが追手番と知る者はありませんでした。されど、相手は一枚も二枚も上手だった」

「追捕する相手とは」

「深浦の元御船手奉行、鰐口新兵衛《わにぐちしんべえ》にございます。唐土《もろこし》の斬馬剣術に源流をおく鍾馗《しょうき》流の使い手で、かつては藩内に剣名を轟《とどろ》かせておりました」

桃之進は我知らず、腹をさすっていた。

津軽屋敷の裏手で対峙した浪人こそが、鰐口新兵衛にちがいない。

鰐口は船手奉行の役目を悪用し、唐船と直に密貿易をおこない、私腹を肥やしていたとの疑いがもたれていた。半年前、縛《ばく》に就かせようとしたところ、捕吏の目を盗んで逃走をはかったのだ。逃れたさきは江戸、しかも、津軽屋敷の内部において匿《かくま》われていると目されていた。

「背後で糸を引く人物がいたのです」

「それが次席家老の大館九太夫だと」

「少なくとも、又十郎さまはそう考えておられました」

杏香は懐中から、だいじそうに文を取りだした。

「よいのか」

「どうぞ」

促され、遠慮がちに目を通してみると、大館九太夫が鰐口を操り、抜け荷をやらせていたことのあらましが綴《つづ》られている。公儀の目に触れれば藩の存続すら危ぶまれる内容だけに、桃之進の手は震えそうになった。

ただし、大館の関与は未だ憶測の域を出ず、草壁又十郎は悪事の動かぬ証拠をつかむべく、江戸へおもむかされた様子だった。

鰐口の追捕とは別に、抜け荷のからくりを暴《あば》くべし。

それが、若い追手番に課された使命にほかならなかった。

文は、かならずや手柄をあげて帰ってくる所存だが、まんがいちのときは骨を拾ってほしいと結ばれてあった。侍にしては未練がましい気もするが、何らかの凶兆を察し、だいじな相手に文を遺しておきたくなったにちがいない。

「又十郎さまはいまわに、ぬがたと仰ったのですよね。おそらく、弥勒寺の境内で鰐口と向きあったのでしょう。斬られる寸前、それと気づいたのです」

尋常に闘えば五分と五分、鰐口はそう読んだがゆえに、姑息《こそく》な手段を使って返り討ちを企てたのだと、杏香は気丈にも言いきる。

「又十郎さまは、お役目のことはいっさい口にいたしませなんだ。でも、わたくしにはおおよその見当はついておりました。鰐口新兵衛もとうてい許すことはできませぬが、大館九太夫こそが仇敵にござります」

だが、力量随一の草壁又十郎が斬られたことで当面は藩も打つ手がなかろうと、杏香は沈んだ表情で叔父の意見を口にする。

「失礼だが、杏香どのはその次席家老をご存じなのか」

「いいえ」

「ならば、性急に仇ときめてかかるのはどうであろう。なにしろ、草壁どのが文を綴られた時点では、未だに悪事のからくりは判明していなかったのだからな」

杏香は目に涙を溜め、不満げな顔をつくる。

桃之進はできるだけ、優しげに尋ねた。

「草壁どのは国家老の密命を帯びていたと仰ったが、江戸における連絡役《つなぎ》は誰が果たしておったのかな」

「それはおそらく、江戸家老の黒石大膳《くろいしだいぜん》さまだと存じます」

「ほほう、国家老と江戸家老は通じておるのか」

なるほど、それならば、草壁又十郎も動きやすかったことだろう。

にもかかわらず、相手に気づかれ、命を落とさねばならなかった。

不運という二文字で片付けてよいものか。

そんなふうに考えつつ、桃之進は問うてみた。

「草壁どのがいまわに吐いた台詞、何やら、謝っておられたようだが、あれはどういうことかな」

「真意は測りかねますが、将来の約束を交わしたことを悔《く》いておいでだったのかも」

「なるほど。ところで、その文を誰かにみせたのかね」

「又十郎さまには、肉親にもみせてはならぬと言われておりました。でも、江戸へ馳せ参じる理由を叔父に問いつめられ、仕方なしにみせてしまいました。それから、お初にお目に掛かる葛籠さまにも、こうしておはなししております」

「ふむ。わしを善人と信じ、頼ってくれたのはありがたいが、町奉行所の役人ほど信用のならぬ者はないのだぞ」

「え、そうなのですか」

「たまさか、拙者はのうらく者ゆえ、まあ、だいじにはならぬがな」

「のうらく者とは」

「役立たずのことだ」

「役立たず」

杏香は瞳孔の開いたような目でみつめ、ごくっと唾《つば》を呑《の》みこむ。

上下する白いのどに、桃之進は目を吸いよせられた。
十七、八の小娘を不幸に巻きこむわけにはいかぬという気持ちが、沸々と湧きあがってくる。
「叔父は又十郎さまのご遺骨を貰いうけ、その足でともに国元へ帰らねばならぬと申します。江戸にいられるのは今月かぎり、梅のたよりを聞くまえに、国元へ発たねばなりません。されど、わたしはどうしても、又十郎さまの仇を討ちたいのです」

杏香は気力を振りしぼり、切々と訴えつづける。

「江戸では頼るお方もおりません。不躾《ぶしつけ》なお願いであることは重々承知しておりますが、どうか、どうかお力添えを」

「え」

大仰に驚いてみせたものの、力を貸す気ではいる。

だが、その気はあっても、やるとなれば手に余ると言うしかない。

「大館九太夫の悪事を証明し、なおかつ、鰐口新兵衛の居所をつきとめねばなりません。できれば、その両方をお願いしたいのです」

願いの内容は常軌を逸しているものの、まっすぐなおもいだけは胸に響いた。

「調べがついたあかつきには、どうなされる」

「草壁又十郎の無念を晴らします。わたくしはこうみえても、富田流の免状を持っております」

富田流といえば、小太刀である。

物腰から推すと、かなりおぼえはありそうだ。

益々、危うい。

「又十郎さまとわたくしは一心同体。すでに、死ぬる覚悟はできております。葛籠さま、何卒お力添えを。このとおりにござります」

畳に額《ぬか》ずかれても、即答はできない。

「弱ったな」

桃之進は天井を睨み、重い溜息を吐いた。

八

四日後、事態は急転した。

大館九太夫が、自邸にて腹を切ったのである。

野心旺盛な大館は次席家老の地位を悪用し、御用商人たちに法外な賄賂を要求することで知られていた。津軽領内では夥《おびただ》しい餓死者を出し、領民は飢饉に喘《あえ》いでいるというのに、江戸に詰める大館の暮らし向きは派手で、尻尾を振る取りまきだけを登用する。与《くみ》しない者は遠ざけ、あるいは糾弾《きゅうだん》し、施策はそっちのけで出世争いに心血を注いでいる。常日頃の行状から推せば、たしかに、厳しく処断されるべき奸臣《かんしん》にはちがいなかった。

その大館があっさり腹を切り、許嫁の敵討ちを誓う杏香の願いはかなった恰好となったが、桃之進はいまひとつすっきりしない。

「事が性急すぎる」

そんな気がしてならず、馬淵斧次郎に調べさせてみると、いくつか妙なことがわかった。

「これをご覧ください」

馬淵が金公事蔵でひろげてみせたのは、何枚かの貸付証文であった。

貸付先と貸付金の額はさまざまだが、請人の欄にはいずれも達筆な字で「大館九太夫」と記されており、ご丁寧に奥印の捺《お》された証文まである。馬淵が「弘前藩の重臣が請人となった貸付証文が市中に出まわっている」との噂を聞きつけ、本所近辺の金貸しを訪ねて集めたものだという。

「岩三が、鰐口新兵衛とおぼしき浪人から手渡された貸付証文と同じですな」

「ふむ」

以前より、何人もの金貸しから藩へ訴えがあり、目付が密かに調べをすすめていた矢先のことだった。

「で、事の真相は判明したのか」

「はい。大館家には穀潰《ごくつぶ》しの次男坊がおりまして。そやつが小遣い欲しさに印判を盗み、父親の筆跡をまねて証文をつくったとのことでした。ともかく、不埒《ふらち》な貸付証文を濫発《らんぱつ》した罪を問われたあげく、大館九太夫は恥辱《ちじょく》に耐えきれずに腹を切ったと聞きました」

次男坊は藩邸《ひつじょう》内に幽閉されており、近々、断罪される。名門の大館家が取りつぶしになるのは必定で、家人は路頭に迷うほかなかった。

「抜け荷の罪状は、まんまと隠蔽《いんぺい》されたわけか」

「どうやら、そのようです」

抜け荷が公儀の知るところとなれば、次席家老が首謀者だけに、藩も厳しい咎《とが》めを受ける。減封《げんぽう》の沙汰も下されかねない。ゆえに、重臣たちが真の悪事を封印し、大館ひとりにどうでもよい罪を着せたうえで、この一件の幕引きをはかったのではなかろうかと、馬淵は推測する。

「それはあくまでも、抜け荷の黒幕は大館九太夫だったという前提に立ったはなしだな」

「と、仰りますと」

「ことによると、大館は塡《は》められたのかもしれぬ」

岩三にお墨付きを手渡した鰐口新兵衛は、大館を塡めた側の手先だったのではあるまいか。

「そう考えれば、辻褄《つじつま》が合う」

桃之進は、草壁又十郎がいとも簡単に追手番であることを見破られ、姑息ともいえる手で返り討ちに遭ったことに疑念を抱いていた。

「草壁は次席家老の行状を探るべく、隠密裡に動いていたはずだ。ところが、すべての動きは敵方に筒抜けだった。そうでなければ、あれほど容易に罠に掛かろうはずはない」

「追手番の動きを知る者が怪しいと、そう仰るのですね」

「ああ。それも一から十まで知り得る者となれば、おのずと絞られてくる。草壁は江戸での探索によって、新たな黒幕の正体を摑んだ。がゆえに、消されてしまったのではあるまいか」

馬淵は、にやりと笑った。

「じつは、拙者もその線を疑っております」

「ほ、そうか」

「はい。大館九太夫の断罪を声高に叫んだのは、江戸家老の黒石大膳であったやに聞きました」

杏香も言っていたとおり、江戸家老ならば国家老と連携をはかり、追手番の動きを逐一把握できる立場にある。

馬淵によれば、黒石は若き実力者の大館にその地位を脅かされていた。

「黒石大膳の評判も、けっして良いものではござりません。江戸にある殿様のもとで安穏《あんのん》と構え、年貢米の減免を求める農民の訴状は一瞥《いちべつ》すらしない。にもかかわらず、趣味の骨董《こっとう》に興じ、軸だの壺だのを買いこんでいるのだとか。叩けばいくらでも埃《ほこり》の出る身なのでしょう」

黒石は還暦を超え、頭髪も眉も真っ白であるという。外見とはうらはらに、権力の座にとどまろうとする欲望は衰えをみせず、みずからの地位を守るべく、大掛かりな策謀をめぐらせたのではないか。

「鰐口新兵衛を使って抜け荷をやらせ、大館九太夫に加担させたうえで、さあどうだと悪事を暴いてみせる。そうした筋も描けますな」

手の込んだ手法だが、黒石大膳が黒幕であったとすれば、鰐口が平気で津軽屋敷に出入りしている点も容易に説明できる。

桃之進はさきほどから、草壁又十郎が死に際に漏らした台詞を浮かべていた。

――きょうか、すまぬ、あやまちだった。

あやまちとは、文に遺した内容を指していたのかもしれない。

真の黒幕は次席家老の大館九太夫ではなく、江戸家老の黒石大膳なのだと告げたかった。きっと、そうにちがいない。

杏香の討つべき仇敵は、この世にのうのうと生きている。思惑どおり、みずからの地位を脅かす者に腹を切らせ、抜け荷の大罪を隠蔽しようとしているのだ。

「確証を握らねばならぬか」

だが、大筋は外しておるまい。

草壁又十郎は、保身をはかる重臣の捨て駒に選ばれた。

だとすれば、一矢報いてやるのが、追善の供養というものではないか。

「葛籠さま、確証を握るといっても、ここからさきは霧のなかでござる」

「そうよな。されば、本人に糺《ただ》してみるか」

「え」

無謀というしかない。

十万石を司る江戸家老に、いったい、どうやって対峙するというのか。

さすがの馬淵斧次郎も、驚きを隠しきれない様子だった。

九

三日後の夜。

弘前藩江戸家老の黒石大膳は、供人のほかにかねてより信頼の厚い骨董屋をひとり連れ、向島の料理家『大七《だいしち》』までやってきた。顔は頭巾で隠し、身には媚茶《こびちゃ》の地味な着物を纏《まと》い、家人には御用商人の接待があるから遅くなる旨を告げ、半信半疑ながらも垂涎《すいぜん》の逸品を愛《め》でに足をはこんだ。

一筋縄ではいかぬ古狸にも、ひとつだけ付けいる隙《すき》はあった。

骨董趣味である。なかでも、唐渡りの磁器には目がない。

「汝窯《じょよう》の青磁じゃと、莫迦な」

北宋《ほくそう》の時代、官窯《かんよう》とされた河南《かなん》の汝窯にて、わずか二十年間だけしか生産されなかった稀少な青磁。好事家《こうずか》のあいだでも青磁の最高峰と賞賛される汝窯の逸品が出たと聞きつけ、矢も楯《たて》もたまらずに駆けつけたのだ。

これまでにもいくたびか、それとおぼしき品を鑑賞する機会はあった。しかし、本物にめぐりあえたことはいちどもない。

「備前《びぜん》屋、おぬしの紹介なれば無碍《むげ》にも断れまい」

「へえ。ありがとう存じます。その見倒《みたおし》屋は手前どものあいだでも評判の目利き、ご期待いただいてよろしいかと」

「おぬし、肝心の青磁をみておらぬのだろう」

「壺としか知らされておりません。茶壺に花壺、大壺に小壺と、壺にもいろいろありますれば、はたしてどのような壺なのか。されど、何も知らされずにいたほうが驚きも増すというもの」

「ふん、物は言い様じゃが、まあよい。真贋《しんがん》の判別は、おぬしに任せたぞ」

「かしこまりました。ささ、黒石さま、江戸でも五指にはいるという美食宿の門口がほれ、あそこに」

玄関口では、ふくよかな女将《おかみ》のほかに、狸顔《たぬきがお》の男が待ちかまえていた。

安島左内が見倒屋の手代に化けているのだが、少しばかり無理がある。

「やや、お大尽、お待ち申しあげておりましたぞ」

お調子者の安島は幇間《たいこもち》よろしく愛想を振りまき、黒石の袖を取って廊下にあげ、何やかやと機嫌を取りながら、離室《はなれ》まで案内した。

備前屋は表向きは骨董屋だが、じつは盗品を闇で売買する窩主買《けいずかい》にほかならず、安島と知らない仲ではなかった。「言うことを聞かねば、明日から商売ができねえようにしてやる」と脅しつけ、このたびの大物釣りに付きあわせたのだ。

「あとは仕上げをご覧《ろう》じろ」

安島は胸の裡でつぶやき、がらっと襖を開ける。

と同時に、華やいだ空気が黒石を包みこんだ。

「ふわあ、お大尽さま、お越しくださりませ」

芸者衆が色香を振りまき、腕をからめてくる。

頭巾を脱がすと、真っ白な頭髪があらわれた。

「まあ、雪をかぶったよう」

はしゃぐ芸妓に手を取られ、黒石大膳はまんざらでもない様子で上座に腰を落ちつける。目の前には朱塗りの膳が用意され、豪勢な料理が並べてあった。

「さ、ご一献」

左右から酌をされ、しなだれかかられ、色香を嗅ぎながら上等な酒を舐めれば、途端に気分は和《なご》み、ままよという心持ちにさせられる。

鼻の下を伸ばす白髪の老臣は、鰭《ひれ》を失った鱶《ふか》も同然となった。

部屋の中央には大きな俎板《まないた》が置かれ、包丁を手にした馬面の男が控えている。

誰かとおもえば、板前に扮した馬淵斧次郎にほかならず、俎板のうえでは生け簀《す》から引きあげたばかりの甘鯛が跳ねていた。

「さあて、ご覧じろ」

安島の掛け声を合図に、馬淵は甘鯛の鰓《えら》に包丁を入れ、見事な手さばきで活《い》けづくりをこしらえてゆく。

やんやの喝采《かっさい》が収まるころには、黒石の顔も茹《ゆ》で海老《えび》のように赤く変わっていた。

鱶が海老となり、蟒蛇《うわばみ》のように杯をかさねれば、鬢《びん》や眉までも白いせいか、肌の赤さがいっそう目立つ。

一方、末席に座る備前屋はさきほどから、どうにも落ちつかない様子だった。呑めば呑むほど顔色は蒼褪めてゆくばかり、のどが渇いて仕方ないので、湯水のように酒を呑みつづけている。

酒も料理もすすみ、やがて、芸妓の踊りにも飽きたころ。

脇の襖がすすっと開き、黒紋付きを纏った四十男が登場した。

「黒石さま、今宵はよくぞお越しくだされました。手前が福をもたらす見倒屋、弥勒の仙五郎《せんごろう》にござります」

口からでまかせの名を平然と吐いてみせるこの人物、金公事与力の葛籠桃之進にまちがいないのだが、商人風体がなかなかさまになっている。

黒石は偉そうに、ふんぞりかえってみせた。

「おう、そちか。待ち焦《こ》がれておったぞ。例のものをみせい。早う、みせい」

「ぬふ、ふははは」

間髪入れず、桃之進は大笑してみせる。

「何が可笑《おか》しい」

気色《けしき》ばむ黒石を両手で制し、桃之進は襟を正した。

「後ろをご覧あれ」

「なに」

黒石は、猪首をねじまげた。

床の間がある。正面には「天網恢々疎《てんもうかいかいそ》にして漏らさず」と書かれた軸が掛かっている。床の左端には花生が配され、淡い紅色の花が二輪、無造作に挿《さ》してあった。

「その花は何じゃ」

「寒牡丹にございます。牡丹は津軽さまのご家紋ゆえ、飾らせていただきました。それからもうひとつ、追善の意味も込めて、その花をお生けいたしました」

「誰の追善じゃ」

「まだお若い津軽のお侍です。名を申しあげたところで、おわかりにはなられますまい。手前とは袖摺り合うただけの間柄、権勢の高みにおわす黒石さまにとっては、顔の見分けもつかぬ軽輩にございます。なれど、若者の魂は熱く、尊《とうと》いものでした。口惜しくも凶刃に斃《たお》れ、哀れな最期を遂げてしまわれましたが、若者は生前、一期一会ということばが好きだと、手前に教えてくれたのでございます」

「一期一会」

「まさしく、今宵こそがそれにござりましょう。ご家老の目は節穴か。花生をご覧なされ」

「うおっ」

黒石は仰天し、床の間に膝で躙《にじ》りよった。

「こ、これが」

「いかにも。汝窯の青磁にござる」

備前屋も蒼白な顔で躙りより、顎をわずかに震わせた。

「雨過天晴。雨上がりの空の色とは、まさにこれか。繊細な罅《ひび》のあやなす貫入《かんにゅう》といい、女体のごとくなめらかな容姿といい、これは汝窯の青磁にまちがいない」

芝居にしては、念が入っている。

黒石は驚きを隠せず、津軽弁でつぶやいた。

「どってんこぐ。見事だば」

驚いたと言っているようだが、気持ちは充分に伝わってくる。

「見倒屋、いくらだ。いくらなら、これを売る」

黒石は血走った眸子を剝き、胴欲さを顔いっぱいにあらわした。

「いくらと言われましても、容易に値はつけられませぬ」

「それはわかるが、ためしに申してみよ」

「されば、縁起を担いで八百八十八両。いかがでござりましょう」

「ふうむ。やはり、それくらいはするか」

「安いくらいですな。時が時なら、その青磁で国ひとつ買えましょう」

「ふう、わからんでもない」

黒石は腕を組み、花生に目を吸いつけている。

桃之進が小気味よく、ぱしっと膝を叩いた。

「されば、こういたしましょう。代金のお支払いは、小判でなくともけっこうでござります」

「ん。どういうことじゃ」

「ここだけのはなし、手前どもは海の向こうと直に取引をしております。唐人が喜ぶお品を頂戴できれば、その青磁を黒石さまにご進呈申しあげましょう」

「唐人が喜ぶ品とは」

見当が付いていながらも、黒石は敢《あ》えて糺《ただ》そうとする。

「むふふ、おひとがわるい。俵物にござりますよ。煎り海鼠《なまこ》に干し鮑に鱶鰭、俵物三品のなかでも、干し鮑がことに喜ばれます」

好餌《こうじ》で誘ってやると、古狸は黙りこみ、突如、弾けたように嗤いだす。

「のはは、干し鮑なら、いくらでもあるわい」

「されば、俵三十六俵ぶん、お分けいただけませぬか」

「三十六俵と申せば、一俵あたり百二十斤として、四千三百二十斤か」

「さすがに勘定がお早い。それを、米の十倍の値で売りさばきます」

「なに」

　米一石（二俵と半俵）が一両とすれば、三百五十五俵でおよそ八百八十八両になる勘定だ。その一割にあたる三十六俵を仕入れ、唐人相手に荒稼ぎしてみせると、桃之進は豪語する。

　熟考したあげく、黒石は言った。

「いちどには無理じゃ」

「されば、初回だけ六俵、あとは年に十俵ずつ、三年またぎで頂戴してもかまいませんよ」

「三年か」

　好条件である。

「初回以外は、保証できぬぞ」

「保証の必要はありませんよ。これを機に、おつきあいさせていただきます。津軽産のお墨付きがある俵物を仕入れさせてもらえたら、誰よりも高く売りさばいてみせましょう。お好きなだけ、上前をはねていただいて結構です」

「ふふん。ずいぶん気前がよいな」

「なにぶん、自信がござりますゆえ」

「わかった」

黒石は、にんまりと微笑む。

思惑どおり、抜け荷の販路で使える相手と踏んだらしい。

「汝窯の青磁はほんのご挨拶がわりと、申しあげたいのは山々ですが、なにせ稀少なお宝にござります。そちらは初回ぶんの干し鮑と引きかえに、お渡し申しあげましょう」

「今宵一晩、貸してもらえぬか。枕元に置いて寝たいのじゃ」

「ご無理を仰いますな」

「されば、取引は明晩にいたそう」

「場所は」

桃之進の目が光った。

黒石は躱すように、すっと尻をもちあげた。

「場所は追って報せる。わしは取引に立ちあわぬが、信頼の置ける者を遣わす。それでよいな」

「かしこまりました。今後とも末永くご贔屓《ひいき》のほど、お願いいたします」

「ふむ」

黒石は厳《いか》めしげに頷き、興奮の醒《さ》めやらぬ面持ちで部屋から出ていった。

小太りの後ろ姿が廊下から消えたのを見届け、安島が床の間へ歩みよる。

花生をひょいと摑むや、小脇に抱え、引きぬいた寒牡丹を髷に挿した。

「へへ、あの古狸、まんまと騙されやがった」

戯《おど》けたように言い、青磁の花生を畳に転がしてみせる。

花生は甘鯛の頭の載った俎板の脇を転がり、桃之進の目の前で止まった。

かたわらに座る馬淵が、喋りかけてくる。

「葛籠さま。黒石大膳が信頼を置く者とは、鰐口新兵衛のことやもしれませんな」

十中八九、そうであろう。

「あの胴斬りと、対峙せねばなりませぬぞ」

「望むところ」

桃之進は何をおもったか、俎板から包丁を拾いあげる。

そして、横たわった花生めがけ、おもむろに峰を振りおろした。

「あらあら」

安島が呆れた顔をする。

贋作《がんさく》の砕けちった破片が、甘鯛の目玉に突きささった。

十

正月晦日《みそか》。

深川は木場の東側一帯に、堀川に囲まれた広大な干潟がある。

江戸じゅうの芥《あくた》を埋めたててできた湿地帯で、広さは十万坪におよぶとも言われていた。海風の煽りが強いので、冬場でも雪はあまり積もらない。

凍てつく干潟の片隅には、誰が彫ったか知れないが、水子供養の石地蔵が祠《ほこら》に安置されており、地蔵の辻と呼ばれる道なき道を半町ほどすすむと、海側に背を向けて掘っ立て小屋が建っている。

時折、夕暮れになると、小屋の正面に篝火《かがりび》が焚かれ、どこからともなく怪しげな風体の人足や行商風の連中が集まってきた。集まっては荷と金を交換し、用が済めばすぐさま散ってゆく。

「俵者の闇市がこんなところでおこなわれていようとはな、お天道様でも気づくまいて」

桃之進は川縁に打ち捨てられた小舟の陰に隠れ、赤々と燃える篝火をじっとみつめている。かたわらでは、安島が襟を寄せて寒さに震えていた。

ふたりとも商人風体だが、腰には大刀を一本差している。

桃之進の刀は愛刀の孫六兼元ではなく、身幅が厚いだけの鈍刀《なまくら》にすぎない。

どう知恵を絞っても、鰐口新兵衛の胴斬りをやぶる方法が浮かばなかった。

「ご無理をなされますな。死ねば元も子もありませんから」

「勝つ自信の無いときは無理をせず、正面切って闘わぬにかぎる。馬面めも、そう言うておったわ」

「馬淵斧次郎とは、そうした男でござる。恥ずかしかろうが、みっともなかろうが、この身ひとつ生きのびさえすればいい。そのためにはどうしたらよいかという前提でしか、ものを考えぬのです」

刀を抜いたら受けに徹し、本気で仕掛けてはならぬ。そして、鰐口を何とかして地蔵の辻に誘ってほしい。あとは、こちらでどうにかすると、馬淵には言われていた。

策があるのだ。奇策としかおもえぬものだが、ほかに良い案も浮かばなかった。

「葛籠さまは、どうおもわれます。拙者は飛ばせぬほうに、一朱賭けてもいい」

「ま、そのときはそのとき。いざとなれば、捨て身で掛かるしかあるまい」

奇策とは別にもうひとつ、不安な点がある。

仇討ち装束に身を固めた杏香が、馬淵とともに待ちうけていた。

鋭い勘がはたらいたのか、今朝早く自邸に訪れ、草壁又十郎の無念を晴らさぬことには生きてゆけないなどと抜かし、仕舞いには玄関先でさめざめと泣きだす始末で、気はすすまなかったが詮方なく、決戦の場へ連れてきたのだ。

やがて、篝火のそばから人影がひとつふたつと消えてゆき、六俵の俵が積まれた大八車だけが淋しげに残された。

無論、小屋のなかには荷を守る男たちがいる。

いずれも侍だが、弘前藩の藩士ではなく、金で雇われた浪人たちのようだった。

「五人おりますね。それに鰐口が加われば、六人になります」

「わしは大物を生け簀に導かねばならぬ。小魚の面倒は、おぬしに任せよう」

「げっ、拙者ひとりで五人の相手をせよと」

「手に余るか。ま、その河豚腹では三人がやっとかもな」

「されば、ふたりはお願いできましょうか」

「相手の腕次第だな」

「それにしても、鰐口は遅い。約定の刻限は疾うに過ぎておろうに」

「やつは来るさ。われらも、そろりとまいろうか」

ふたりは小舟の陰から這いだし、篝火に向かっていった。

地蔵の祠は右手の半町先にあるはずだが、暗すぎて何もみえない。

海風が裾を淩《さら》うように吹きぬけ、篝火の炎を大きく揺らしてみせた。

小屋の扉が開き、腹を空かせた野良犬どもがぞろぞろ出てくる。

飼い主だけがあらわれず、双方は篝火を挟んで黙然と対峙《たいじ》した。

暗澹《あんたん》とした海の向こうを眺めれば、佃《つくだ》島の沖合に漁《いさ》り火が点々とみえる。

空を仰げば、どす黒い雲が星影をたなびかせ、縦横に暴れまわっていた。

やがて、左手のほうから、跫音《あしおと》がひとつ近づいてきた。

暗闇からあらわれた人物は、陣笠をかぶった与力である。

顔はみえずとも、そのすがたかたちから、鰐口新兵衛であることはわかった。

浪人どもが一歩後ずさったところへ、鰐口が堂々と踏みこんできた。

「壺を寄こせ」

余計な挨拶《あいさつ》もなく、怒ったように吐きすてる。

「品物を確かめてからだ」

桃之進は負けずに言いかえした。

鰐口が顎をしゃくると、浪人が手招きしてみせる。

これに安島が応じ、大八車に積まれた俵の中味が干し鮑であることを確認した。

「俵に杏葉《ぎょうよう》牡丹の焼き印がなされておろう。それがお墨付きだ。正真正銘、津軽産の干し鮑よ。唐人どもに高値で売るがいい」

「かしこまりました」

証拠の品もあり、仇も面前にいる。

もはや、躊躇《ちゅうちょ》することはない。

「でや……っ」

桃之進は抜刀し、抜き際の一撃で篝火の支えを断った。

「うわっ」

驚いて声をあげた者たちのなかには、安島もまじっている。

火の粉が散らばるなか、桃之進は矢継ぎ早にふたりを斬った。

「ぬぎゃっ」

峰に返す余裕などない。

断末魔の声とともに血飛沫《ちしぶき》がほとばしり、浪人どもは慌《あわ》てふためいている。

「あとは頼んだぞ」

と言いのこし、安島の返事も聞かずに踵《きびす》を返す。

刹那《せつな》、闇の裂け目から唸りをあげ、蒼白い刃が襲いかかってきた。

「ふえっ」

鰐口の初太刀だ。

これを何とか弾きかえし、後ろも見ずに駆けだす。

十間も走らぬうちに足が縺《もつ》れ、桃之進は凍てつく泥濘《ぬかるみ》に倒れこんだ。

泥を食いながら立ちあがろうとしたところへ、ざくっと刃が突きたった。

肩を浅く削られたが、返しの一撃を振りまわす。

「おっと」

余裕で躱す相手は鰐口にほかならず、すでに陣笠をはぐりとっている。

桃之進は猫のように跳ねおき、青眼に構えなおす。

「やはり、おぬしか。いつぞやは、津軽屋敷の裏手で立ちあったな」

「鰐口新兵衛、おぬしが黒石大膳の子飼いであることは先刻承知だ」

「腐れ役人め。町方の出る幕ではないわ」

「おぬし、草壁又十郎を斬ったな」

「ほほ、それか。殺しの探索で動いておったのか」

「いいや、探索ではない。これは敵討ちだ」

「おぬし、草壁の縁者か」

「いいや、袖摺り合うただけの仲だ」

「ふん、笑わせるな。親しくもない誰かのために命を賭けるのか」

「そうなるかな」

「わからぬ。どうやら、阿呆を相手にしているらしい」

「阿呆呼ばわりには慣れておるわい」

「ふっ、死ぬがいいさ」

踏みこまれるまえに先手を取り、突くとみせかけて踵を返す。

「逃げるか、こら待て」

鰐口の叫びを聞きながら股立ちを取り、前歯を剝いて必死に駆ける。

眼前にようやく、地蔵の祠がみえてきた。

風音に紛れて、ぶんぶんと鎖を振りまわす音も聞こえてくる。

「もうすぐだ」

鰐口の息遣いが、背中に張りついてきた。

「覚悟せい」

刃風が背中を断ち、ひりっと痛みが走る。

桃之進は足を止め、振りむきざま、乾坤一擲《けんこんいってき》の袈裟懸けを仕掛けた。

「くりゃ……っ」

「ちょこざいな」

すかさず、下段から薙ぎはらわれた。

きいんと尾を曳きながら、鈍刀が宙に飛んでゆく。

「くふふ、侍の魂を無くしちまったな」

鰐口は肩の力を抜き、刀を握った右手をだらりと下げた。

ふと、桃之進は右手をみやる。

祠の脇に棒杭が一本立っており、光る刃が刺さっていた。

「ほう、あれを取りたくて、わしを誘うたわけか」

「孫六兼元、わが先祖が大坂夏の陣の功により、神君家康公から賜《たまわ》った宝刀よ」

「眉唾《まゆつば》なはなしだが、名刀にはちがいなさそうだ。戦利品に貰っておくか」

「そうはさせぬ」

桃之進は横飛びに跳ね、棒杭に駆けよる。

鰐口のほうが一歩先んじ、孫六の柄に手を掛けた。

いや、触れようとした瞬間、鎖竜吒の鉄球が飛来し、鰐口が右手に握った刀の鍔元に巻きついた。

「ぬおっ」

さらに、信じられないことが起こった。

祠の背後から、巨大な鳥がはばたくように、大凧が舞いあがったのだ。

弘前で産する楮《こうぞ》を梳《す》いてできた紙を貼った代物で、正月に吹上苑であげられた凧よりもひとまわり大きい。夏の睡魔を払う「眠り流し」の祭りに使うべく、津軽屋敷の蔵にはこうした凧が保管されているのだ。

凧を操っているのは、杏香の叔父とその仲間たちであった。

「ぬひょおお」

凧といっしょに、鰐口も逆さになって浮きあがってゆく。

兎などを狩る仕掛け罠に、右の足首を噛まれているのだ。

仕掛け罠は細縄で凧の端に結ばれ、棒杭に繋がった別の細縄を断てば、凧はどこまでも空高く飛んでゆくはずだった。

「助けてくれ。堪忍してくれ」

鰐口は悪夢をみているような面で、喚《わめ》きつづけている。

もはや、鎖竜吒に搦《から》めとられた刀は手を離れており、足首の紐を断つ手段もない。

脇差を抜いて断つにしても、鰐口のからだはすでに三間余りも宙に浮いており、落下して無傷でいられることは考えられなかった。

石地蔵の陰から、白装束の杏香があらわれた。

胸には、小太刀を鞘ごと握りしめている。

桃之進が、凛然と叫んだ。

「今だ、おやりなされ」

「はい」

杏香は棒杭に近づき、きっと空をみあげる。

「草壁又十郎の仇、覚悟いたせ」

鯉口を切り、きらりと刃を抜く。

鮮やかな手並みで縄を断った刹那、大凧は凄まじい勢いで舞いあがっていった。

すぐさま点となり、どす黒い雲のなかへ吸いこまれてゆく。

「お、ほほほ。飛びおった」

歓声をあげたのは、安島左内であった。

全身に返り血を浴びつつも、干し鮑の積まれた大八車を牽《ひ》いてあらわれたのだ。

「さぞかし、眺めがよかろうな」

安島は軽口を叩いたが、誰ひとり笑う者はいなかった。

十一

如月《きさらぎ》二日は灸《やいと》饗《ぎょう》、この日に灸《きゅう》を据えると効験著《いちじる》しいものとされ、武家でも商家でも裏長屋でも、子どもたちまで灸を据えられる。また、江戸では炒《い》り豆を供する習慣があり、八丁堀の武家地にも馥郁《ふくいく》とした香りがただよっていた。

そうしたなか、杏香が帰郷の挨拶に訪れた。

「梅も咲き切らぬうちに帰るか」

「はい。ほんとうにお世話になりました」

杏香は首から、荼毘《だび》に付された又十郎の遺骨を提《さ》げている。

「又十郎さまに一刻も早く、お岩木さんをみせてあげたいと」

「さようか」

「黒石大膳は御目付衆の手で縄を打たれました。表向きは病気のため出仕かなわずと告げられましたが、遠からず切腹のご沙汰がくだされましょう」

「奸臣とは申せ、いちどに重臣をふたりも失い、藩内の動揺も激しかろう」

「一時のことにございます。この際、膿《うみ》は出しきったほうがいいと、叔父も申しておりました」

黒石に与して甘い汁を吸っていた連中にも、厳しい処分が待っているという。

「ご心配なさらずに。津軽には人材がいくらでもおります」

「ふむ、わかっておる」

「じつは、御台さまより、直々にお褒《ほ》めのおことばを頂戴いたしました」

「それはそれは」

「叔父が絵馬のはなしをして差しあげたところ、お呼びが掛かったのでござります」

「なるほど、叔父上は長崎で蘭学を修めた眼医者であられたな」

「はい。こたびは、御台さまの眼病に効くお薬をお持ちしたのです」

「さようであったか」

「御台さまは、目見得もかなわぬ年若い番士が弥勒寺に向かいめの絵馬を捧げ、病気平癒を祈ってくれたことをお喜びになり、草壁又十郎は紛《まご》う事なき忠義者よと、お褒めくださりました。そして、江戸へ馳せ参じたわたくしにもお気をつかわれ、たいせつなひとを失った悲しみはいかばかりかと、涙までお流しになってくださりました」

「まことかよ」

「はい。もったいないことにござります。これもすべて、葛籠さまのおかげです。いいえ、わたくしごときがお礼を申しあげて済むようなはなしではござりませぬ。葛籠さまは、弘前藩十万石を救ってくださりました。叔父も、さように申しております」

「そんな大仰なものではない。わしは面倒なことが嫌いなだけだ。こたびの助っ人もなりゆきでこうなっただけのはなしでな」

「公儀にお届けなされば、たいそうな手柄になったはず。それをなさらぬところが、葛籠さまのお偉いところでござります」

「のうらく者ゆえ、めだちたくないのだ」

「うふふ、おもしろいお方ですね」

「そうか」

「ほんとうに、ありがとうござりました。お名残惜《なごりお》しゅうはござりますが、これにて失礼させていただきます。弘前にお越しの際は、かならずお訪ねくださりませ」

「承知した。道中、お気をつけなさるがよい」

「はい。それでは」

「あ、待ってくれ」

背中をみせた杏香を、桃之進は呼びとめた。

「忘れるところであった。これを、お持ちいただけぬか」

そう言って、板間の隅から、鉢植えをひとつ拾いあげた。

「まあ、綺麗。それは」

「あの日、弥勒寺で求めた寒牡丹だ。荷物になるだろうが、餞別《せんべつ》代わりにお持ちいただきたい。道々、水をやりながら故郷まで携えていってほしいのだ」

杏香は零《こぼ》れる涙を袖で拭き、礼のことばを述べた。

「旅のお供にさせていただき、かならずや、又十郎さまの墓前に手向けたいと存じます」

「お願いいたす」

杏香は俯きかげんで四つ辻のあたりまで歩き、振りかえって頭を深々と下げた。

おそらく、もう二度と逢うこともあるまい。

「これもまた、一期一会か」

ぽつりとつぶやくと、絹が後ろからそっと声を掛けてきた。

「あの鉢植えがなくなると、香苗もさぞかし淋《さび》しがりましょう」

「すまぬな。おぬしのために買った花を旅立たせてしもうた」

「よいのですよ」

ふと、桃之進は鶯の鳴き声を聞いた。

「初音か」

振りあおげば、隣家の庭に植えられた梅が蕾をほころばせている。

「曇天に映える梅の花ほころびて、去りゆくひとの芳《かぐわ》しきかな」

桃之進は小さな声でへぼな恋歌を詠み、満足げに微笑んだ。

世直し大明神

一

満月が煌々《こうこう》と、米蔵を照らしている。

「それい、ぶちこわせ」

「ふわあああ」

突如、溜池《ためいけ》の一画に喊声《かんせい》が沸きおこった。

表口の板塀が粉微塵《こなみじん》に破壊されるや、暴徒が渦となって雪崩《なだ》れこんでゆく。

涅槃会《ねはんえ》の静けさをやぶるかのように、江戸有数の米問屋が打ち毀《こわ》しに見舞われた。

亥《い》ノ刻、町木戸が閉まる直前のことだ。どこに隠れていたのか、竹槍や筵旗《むしろばた》を掲げたいくつもの人影があらわれ、瞬《また》く間に黒雲のごとく寄せあつまるや、堰《せき》を切った奔流となって米問屋に襲いかかった。

「すわっ、おのおのがた、立ちませい」

待ってましたとばかりに、陣笠の与力が捕り方を鼓舞《こぶ》する。

今から半刻前、何者かの密訴があり、急ぎ招集された役人たちが押っ取り刀で馳《は》せ参じたのだ。

運悪く宿直《とのい》で奉行所に居残っていた桃之進も、雪隠《せっちん》に隠れているところを連れだされ、着慣れぬ捕り方装束《しょうぞく》を着用するようにと命じられた。

「出役《しゅつやく》じゃ、出役じゃ」

伝令が興奮気味に触れてまわるなか、塗りの剝げた陣笠までかぶらされ、ともかくも麻布谷《あさぶたに》町まで出向いてきた。

いまや、米問屋の周辺は騒然としている。

店は天井も壁も突きくずされ、濛々《もうもう》と塵芥《じんかい》の舞うなかで、罵声や悲鳴が錯綜《さくそう》していた。奉公人たちは逃げまどい、怪我を負っている者もいる。頭に血をのぼらせた野良着姿の連中は優に百人を超え、十余人からなる薄汚い風体の浪人どもが先導役をやっていた。対する捕り方の員数は先発組のため二十人に満たず、どう眺めても旗色は悪い。

門口に打ち捨てられた屋根看板を踏みつけ、桃之進はおもわず足を引っこめた。

「美濃《みの》屋か」

屋根看板に刻印された屋号をみて、襲われた米問屋が千代田城への献上米を一手に担う豪商であることがわかった。店の敷地は大身の旗本屋敷なみに広く、北寄りには光沢のある黒漆喰《くろしっくい》で塗られた米蔵が三棟軒を並べている。

そのうちの一棟は、岩盤のような扉に二重の施錠がなされていたにもかかわらず、すでに破られていた。

「やられました。藤堂《とうどう》さまが兜《かぶと》を割られました」

氏名すらうろおぼえの同心が、血走った眸子《まなこ》で駆けてくる。

藤堂とは指揮を執《と》っていた吟味方与力のことだ。首領格の浪人に真っ向から陣笠を割られ、白目を剝いて昏倒《こんとう》したらしい。

「与力どの、いかがなされますか」

「わしに聞かれてもなあ」

ほかに与力を探したが、陣笠はみあたらない。到着が遅れているのだろう。

そうなると、まがりなりにも陣笠をかぶった桃之進に指図を仰ぐ者が出てくる。

「与力どの、あれをご覧なされ」

破られた米蔵からは、つぎからつぎに米俵が運びだされていた。

捕り方が手をこまねいているのを横目にしながら、暴徒たちは米俵を大八車に山と積んでゆく。

「ほら、運べ。積んだら逃げろ」

刀を翳《かざ》した浪人どもの指示が飛びかう。

堪忍袋の緒を切らした同心が、小者どもをけしかけた。

「逃すな。公儀に刃向かう者たちを引っ捕らえろ。行けい」

「御用だ、御用だ」

暴徒と捕り方の喊声がぶつかり、刃を交える鉄音も聞こえはじめる。

桃之進は数歩後ずさり、関わりあいを避けるかのように腕を組んだ。

浅手を負った同心がひとり、必死の形相《ぎょうそう》で窮状を訴える。

「浪人のなかに手練《てだ》れがおりまする。与力どの、斬って捨ててもよろしいか」

「斬ると言っても、腰にあるのは刃引刀であろう」

「ちがいます。ほら、このとおり」

同心は白刃を鞘走らせ、狂気じみた笑みを浮かべる。

「だめだ、だめだ。刀を使ってはいかん」

桃之進が慌てて命じると、同心はぺっと唾《つば》を吐きすてた。

黙ってこちらに背を向けるや、声をかぎりに「死にさらせ」などと叫びながら、暴徒のなかへ斬りこんでゆく。

「莫迦《ばか》め」

同心の振るう刃に煽《あお》られ、小者たちも一斉に躍《おど》りこむ。

が、そこへ、羆《ひぐま》のような大男が立ちはだかった。

「腐れ役人め」

吼《ほ》えるやいなや、四尺に近い剛刀を大上段に構え、猛然と振りおろす。

「のきぇ……っ」

さきほどの同心が脳天を割られ、棒のように倒れた。

「うわっ、逃げろ」

敵も味方も恐怖におののき、蜘蛛《くも》の子を散らしたように逃げだす。

羆は呵々《かか》と嗤《わら》った。

「ふはは、案ずるな。死んではおらぬ」

たしかに、斬ったのではない。峰に返して脳天を叩いたのだ。

「手練れだな」

桃之進は顎紐《あごひも》をはずし、陣笠をはぐりとった。

庭の隅に植えられた金縷梅《まんさく》の枝に、ひょいと陣笠を引っかける。

羆浪人は四尺刀を天に衝きあげ、よく通る声で吼えた。

「何をぐずぐずしておる。竹槍で突けい、蹴散らすのだ」

煽られた憐れな百姓たちは、気合いとも悲鳴ともつかぬ雄叫びをあげ、闇雲に得物を振りまわす。

桃之進は刀の柄を握り、小走りに近づいた。

よくみれば、浪人の動きは不自然で、どことなくぎこちない。

案の定、暴徒を煽っておきながら、喧噪《けんそう》に紛れてすがたをくらました。

誰ひとり気づかず、追う者もいない。

「あいつめ」

桃之進は袖を靡《なび》かせ、前屈みになって追いかけた。

浪人は裏口から外に抜け、露地の暗がりに溶けこむ。

「逃すか」

月影も射さぬ隧道《ずいどう》の抜け裏は、南部《なんぶ》坂へ通じていた。

浪人は振りかえりもせず、ぬかるんだ坂道を上ってゆく。

坂の周辺は静かなものだ。さきほどの喧噪が嘘のようで、人影もない。

桃之進は大樹の枯れ枝が頭上を覆《おお》う坂道を踏みしめ、焦げ茶色の垢《あか》じみた着物の背中を追った。

息を切らしながらも、どうにか坂上までたどりつく。

浪人は二股を左手に曲がり、勾配のきつい転坂《ころびざか》を下りはじめた。

眼下の左手には氷川《ひかわ》神社の白壁とその向こうの杜《もり》がみえ、右手には赤坂《あかさか》の武家屋敷が甍《いらか》を波打たせている。

浪人は武家地に踏みこみ、どんつきの三分坂を右手に上った。

築地塀のつづく左手の寺は報土寺《ほうどじ》、坂は上りきったところで広大な松平安藝守《まつだいらあきのかみ》邸の海鼠塀《なまこ》に行きあたる。

道は左手へ直角に曲がっていた。

坂道の頂部で、浪人のすがたがふっと消えた。

「くそっ」

桃之進は前歯を剝き、白い息を吐きながら駆けつける。

「ん」

殺気を感じ、足を止めた。

高鳴る鼓動を落ちつかせ、慎重に角を曲がる。

すると、浪人が築地塀に背をもたせかけていた。

「ちっ、腐れ役人め」

三白眼《さんぱくがん》に睨みつけ、腰の刀に手を掛ける。

桃之進は背帯から、これも貸与された房十手を抜いた。

「神妙にいたせ」

声を張ったつもりが、裏返ってしまう。

「間抜けめ。おぬし、それでも十手持ちか」

浪人は塀から離れ、四尺刀をずらりと抜いた。

大股で間合いを詰め、頭上高く構えるや、

「でや……っ」

鋭く踏みこんでくる。

「うぬっ」

上段の一撃を十手で弾いた途端、強烈に手が痺《しび》れた。

すかさず、二の太刀がきた。

またもや、上段の兜割りだ。

「うしゃ……っ」

気合いもろとも、凄まじい刃風が唸《うな》る。

「のわっ」

仰《の》けぞった拍子に、尻餅をついた。

さらに、追撃の刃が襲いかかる。

鬢《びん》の脇を、冷気が突きぬけた。

「うへっ」

地べたに転がり、難を逃れる。

刃はつぎつぎに襲いかかり、鬢の脇一寸のところを、ざくっ、ざくっと突いた。

「ほれ、逃げろ。どうした、串刺しになるぞ」

楽しんでいる。生死の間境でもがく者を、弄《もてあそ》んでいるのだ。

息が切れた。

気づいてみれば、壁際に追いつめられている。

「ふふ、遊びはこれくらいにしておこう」

きらっと、刃が光った。

「こりゃいかん」

桃之進は、死を覚悟した。

と、そのとき。

屋敷のほうから、怒声が聞こえてきた。

「おい、おぬしら。そこで何をしておる」

松平家の家臣がふたり、股立《ももだ》ちを取って駆けてくる。

浪人はすっと身を退き、刀を無骨な黒鞘におさめた。

「ふん、悪運の強いやつめ」

ぺっと唾を吐いて踵を返し、三分坂を駆けおりてゆく。

「おい、だいじないか」

若党に声を掛けられ、桃之進は座ったまま右手を振った。

礼を言おうとしたが、のどがひきつって声も出なかった。

二

翌日は、朝からよく晴れた。

年番方与力の部屋からは「腰抜け」だの「阿呆《あほう》」だのといった罵声が漏れ聞こえ、廊下で聞き耳を立てる同心や小者たちの嘲笑を誘っている。

桃之進は金柑頭《きんかあたま》の漆原帯刀に呼びつけられ、大目玉を食らっていた。

「今いちど聞く。なにゆえ、持ち場を離れたのじゃ」

「さきほども申しあげたとおり、首領格の浪人を追捕せんと南部坂から転坂、さらには三分坂と、坂から坂へ必死に追いかけたすえ」

「取り逃がしたと申すのか」

「はあ。残念ながら」

「なにゆえ、手下どもに追わせなんだ。おぬしはまがりなりにも、与力であろうが」

「与力は与力でも金公事方にござりますれば、手荒なお役目は不慣れでして」

「莫迦もの。いかに金公事与力とはいえ、陣笠をかぶれば指揮を執らねばならぬのじゃ。おぬしが持ち場を離れたせいで、暴徒の大半は逃してしもうた。お上の権威は奈落の底に落ちたも同然、この始末どうつける気じゃ」

「はて。わたしにはどうにも」

「ふん、のうらく者め。はなしにならぬ」

のらりくらりと躱《かわ》しつつ馬耳東風をきめこめば、どれだけ悪態を吐かれようが口惜しくもなんともない。左様、然《しか》らば、ごもっともと、気のない相槌《あいづち》を繰りかえしているうちに、やがて嵐も収まるだろう。

金柑頭は、眸子を三角に吊った。

「藤堂はな、腹を切ると言いおったぞ」

「え、それはまたどうして」

吟味方与力の藤堂は陣笠を割られ、無様な恰好で家に担がれた。明け方に意識を取りもどした途端、心配する妻女に向かって、三方《さんぽう》と小さ刀を持てと喚《わめ》いたらしい。

「さすがは藤堂どの、武辺者と評判のお方だけに立派なお覚悟ですな。拙者など、とてもまねができません」

「莫迦たれ。わしが押しとどめたわ。藤堂はできる男じゃ。あやつを失うのはいかにも惜しい。北町奉行所にとっても大いなる損失じゃ」

漆原にとって「できる男」とは、自分にとって都合の良い尻尾振り役人のことだ。

そうは言っても、吟味方与力は有能でなければつとまらない。数も少ないので、奉行所の人事全般を司る漆原としては、藤堂の腹を切らせるわけにはいかなかった。

「何なら、おぬしが代わりに切るか」

「え、拙者が腹を」

「そうじゃ。おぬしが腹を切ったとて、奉行所にとっては痛くも痒《かゆ》くもない。が、それなりに体面を保つことはできよう」

「滅相もございませぬ。拙者は生まれついての軟弱者、腹を切るなぞとそんなだいそれたまねは」

「できぬか。ま、そうであろうな。しかし、困った」

漆原はひとりごち、ふうっと溜息を吐いた。

何が困ったのであろうか。

聞いてみたい気もしたが、余計な問いかけはせぬほうがいい。

黙って下を向くと、漆原のほうから苦々しげに喋りだした。

「おぬしに言うても詮無《せんな》いことじゃが、大垣《おおがき》藩の御留守居役からお叱《しか》りを受けてな。こたびの一件、どうにか恰好をつけねば、御奉行が恥をかかされてしまう」

「仰ることがよくわかりませぬが」

「暴徒に襲われた美濃屋というのが大垣藩の御用達でな、密訴も藩の目付筋からあったのじゃ。事前に凶事を報せたにもかかわらず、このていたらくぶり。美濃屋は容易なことでは立ちなおれぬほどの痛手をこうむり、主の利右衛門《りえもん》は心労で寝込んでしまった。不甲斐ない捕り方の失態は看過できず、この代償は高くつくであろうと、仕舞いには恫喝《どうかつ》めいた台詞《せりふ》まで投げつけられる始末じゃ」

大垣藩十万石の江戸留守居役は坂東隼人丞《ばんどうはやとのじよう》といい、名うての交渉上手として知られていた。美濃米は公方《くぼう》の膳にものぼる高級米の代名詞、その年の収穫量は米相場にも影響をおよぼす。美濃随一の大藩である大垣藩において、美濃屋は御用達仲間の肝《きも》煎《い》りをつとめる豪商にほかならず、藩には莫大《ばくだい》な貸しつけもあった。財布の紐を握る相手だけに、坂東としても気をつかわねばならぬ相手らしく、叱責《しつせき》の口調も激しいものにならざるを得なかった。

「釈然といたしませぬな」

　桃之進はうっかり、口走ってしまった。

「大垣藩の上屋敷は溜池にござります。美濃屋とは目と鼻のさき、暴徒の喊声も聞こえたに相違ない。美濃屋がそれほどだいじな相手なら、藩から捕り方を差しむけてしかるべきでしょう。それもせずに当方の失態だけを詰《なじ》るのは、筋が通りません」

「ほほう。めずらしいこともあるものだ。のうらく者が偉そうに、強意見《こわ》を吐きよった」

「あ、そんなつもりでは……余計なことを申しあげました」

「いや、一理ある。なにゆえ、藩は動かなんだのか。さりとて、下手に追求しようものなら、しっぺ返しを食らいかねぬわ」

「しっぺ返し、それはまたどうして」

　以前、南町奉行所の年番方与力が坂東隼人丞とやり合い、御役御免になったことがあった。そのことを案じているらしい。

「坂東どのは老中首座であられる田沼さまと懇意でな、噂ではどうやら、その筋から圧力が掛かったのだとか」

漆原は保身を第一に考えている。力のある者の面前では、下々にみせるような高慢ちきな態度は毛ほども出さず、ひたすら媚《こ》びへつらい、頭を下げつづけているのだろう。そのツケが下の連中にまわされているのかとおもえば無性に腹も立ってくるが、桃之進は平気な顔を装った。

「葛籠よ、おぬしに他人のことをとやかく言う資格はないぞ」

「ええ、承知しております」

「なれば、藤堂の代わりに腹を切るか」

「ですから、それだけはご勘弁を」

「切らぬのか」

「切りません」

「詮方ない。腹を切らぬというなら、減じるまで」

「減じる……ま、まさか」

「葛籠桃之進、三十石の減俸を申しわたす」

「うげっ、それだけは」

「黙れ」

漆原は、やおら腰を持ちあげた。

「お待ちを」

躙《にじ》りより、腰に縋《すが》ろうとしたが手を払われた。

漆原は戸を開け放ったまま、廊下の向こうへ去ってしまう。

その去り方があまりに早いので、桃之進は呆気にとられた。

聞き耳を立てていた同心や小者は、素知らぬ顔で廊下の左右に散ってゆく。

「これはまずいことになった」

禄米二百石から三十石も減らされたら、日々の暮らしが立ちゆかなくなる。

絹は嘆き、勝代は般若《はんにゃ》の形相で怒りを爆発させるにちがいない。

「腹を切るまえに、薙刀で首を落とされかねぬ」

桃之進はこの場から、どこかに消えてしまいたい衝動に駆られた。

三

金公事蔵へ戻ると、中食《ちゆうじき》にはまだ早いにもかかわらず、安島と馬淵が呑気《のんき》な顔で小豆粥《あずきがゆ》を食べていた。

「あ、ご苦労さまでござります。こってり絞られましたな」

安島が箸《はし》を休め、嬉しそうな顔を向けてきた。

「おぬしら、他人の不幸がそんなにおもしろいか」

「ぬへへ、他人の不幸は蜜の味とも申します」

「冗談にしても聞き捨てならぬわ」

「どうかなされましたか」

「三十石の減俸だとよ」

「あれまあ」

安島と馬淵はさすがに驚いたのか、たがいに顔を見合わせた。

「さもなければ、腹を切れと言うのだ。金柑頭め、根は生真面目な男だけにたちが悪い」

「やはり、首領格の浪人を逃したのが失態でしたな」

安島は口を滑らせたとおもったのか、ぺろっと舌を出す。

桃之進は、渋い顔で黙りこんだ。

口惜しいけれども、安島の言うとおりだった。

目を瞑《つむ》れば、禍々《まがまが》しい刃風の唸りが聞こえてくる。脳天を割られる自分のすがたが浮かび、恐怖でからだが震えた。正直、昨夜は一睡もできなかったのだ。

「ま、お気を取りなおして。葛籠さまも一杯いかがです」

安島はつとめて陽気に言い、七輪に掛けた土鍋から小豆粥をよそった。

たいして腹も減っていないが、粥ならば付きあえる。

「その小豆、出役の慰労に供された品ですよ」

と、馬淵が喋りかけてきた。

「昨夜、美濃屋の蔵から米俵がごっそり奪われましたな。そのうち、大八車から転げおちた三俵だけ奪いかえしたのだそうです。ところがどっこい、奉行所に運んで開けてみると、俵には米ではなく小豆が詰まっていた。じつに、妙なはなしではありませんか」

米俵に小豆というのは、どう考えてもおかしい。

役人たちも首を捻《ひね》ったが、追求する者はいなかった。

「面倒臭いのでござる。下手に関われば莫迦をみる。ですから、胡散《うさん》臭いものを感じても、みな、気づかぬふりをしているのです」

馬淵は自身も傍観者のような意見を吐き、こちらの様子を窺った。

桃之進は応じる気になれない。米が小豆にかわっていたことよりも、三十石減俸のほうが気になって仕方なかった。

粥を啜《すす》る音がよほど淋《さび》しげに聞こえたとみえ、安島が見かねたように声を掛けてくれた。

「葛籠さまは、いつもまっすぐお帰りになられますが、たまには道草をしていかれたらいかがです」

「道草」

「ええ、呉服橋から海賊橋《かいぞく》にいたる途中で、ちょいと横道に逸《そ》れるのですよ。木原店《きはらだな》に聖天稲荷《しょうてんいなり》がありましょう。その近くに、婀娜《あだ》な矢取女を置いている揚弓場なんぞがありましてな。それだけではござりませぬぞ」

聖天稲荷の横町には、赤提灯《ちょうちん》やら縄暖簾《なわのれん》も集まっているらしい。

「あすこの連中は主も客も、八丁堀の役人を特別扱いしないのです。莫迦な連中の本音を聞きながら安酒を一杯引っかければ、気鬱《きうつ》なんぞは吹っ飛びますよ」

「ふうん」

気のない返事をしながらも、道草という二文字に強く惹《ひ》かれた。

夕刻、呉服橋を渡って暮れなずむ河岸沿いの道を歩いていると、そうしたい気持ちがにわかに高まり、桃之進は青物市場の喧噪を背にしつつ、ふらりと横道に逸れた。

木原店は、通一丁目と平松《ひらまつ》町の狭間にある。目抜き通りと交差する通りなので、呉服商の店なども見受けられたが、聖天稲荷の脇道から横町へ一歩踏みこむと、河岸や表通りとは別の賑わいが待っていた。

右手には商家の黒板塀がつづき、隘路《あいろ》を挟んで左手には小見世がずらりと並んでいる。見世の数がどれだけ多いかは、数珠《じゅず》繋ぎに繋がった提灯の数で推し量ることができた。

「当たありぃ」

なるほど、揚弓場もあった。

客に尻を触られた矢取女の嬌声が聞こえてくる。

揚弓場のまえを通りすぎると、食い物の美味《うま》そうな匂いが湯気といっしょに立ちのぼってきた。そうかとおもえば、黒板塀に貼られた鳥居のお札に小便を引っかけている酔客もいる。肩を組んで歌っている陽気な連中もいれば、喧嘩沙汰《けんかざた》を起こして女将《おかみ》に塩を掛けられる情けない者もあった。

ごった煮の田楽鍋のようなところだなと、桃之進はおもった。

安島が言ったとおり、黒羽織の同心らしき者もちらほらみえる。

が、誰ひとり警戒しない。役目をはなれて気楽に呑みたいだけなのだと、理解されているのだ。小銀杏髷《こいちょうまげ》のほうもそれがわかっているので、気兼ねなく暖簾を振りわける。長居はせず、銭もちゃんと払い、明日また寄ると言い残し、ほろ酔い加減で家路をたどる。

横町を抜けたさきの海賊橋を渡れば、その向こうは八丁堀であった。聖天稲荷の呑んべえ横町は、奉行所から家にまっすぐ帰りたくない連中にとって、おあつらえむきの立寄り先にほかならない。

露地を歩いていると、浮き浮きした気分になってきた。

見世を一軒ずつ覗き、開いていそうな席を探す。

どの見世も混んでいて、探すのに苦労した。

一見《いちげん》であることの後ろめたさもある。

何となく居づらくなり、踵を返しかけた。

と、そこへ、声を掛けてくれる者がある。

「ちょいと一見さん。お寄りなさいな」

屈託《くったく》のない調子で笑ってみせるのは、垢抜けた感じの三十路年増だった。

三つ輪髷に鼈甲簪《べっこうかんざし》をぐさりと挿し、富士額で化粧は薄い。着物は茶のよろけ縞、襦袢の襟は藍色の鹿の子絞り、帯は鶯色の亀甲繋ぎで、水色のぼかしに桜花散らしの前垂れを掛けている。歯は染めていない。ふっくらした頬にえくぼをつくり、少し受け気味の口で喋る。

横顔を照らす赤提灯には『おかめ』と書かれてあった。

「そう、わたしがおかめ。でも、ほんとうは、おしんと言うのよ」

おしんは可愛げに、自分の顔を指差した。

切れ長の眸子《まなこ》が、妖艶に誘いかけてくる。

桃之進はたじろぎ、ぎこちなく微笑んだ。

「酒をくれぬか」

「ええ、そりゃもう。さ、どうぞ」

見世のなかは混んでいたが、空の酒樽をひっくり返した隅の席がひとつだけ空いていた。

「そこは運だめしの席よ」

「運だめし」

「ええ。その席に座って酔いながら、辛《つら》いこと、嫌なことをすべて吐きだしてしまえば、すっきりいたしますよ。わたしが幾晩でも、愚痴《ぐち》を聞いてさしあげます。ただし、お約束がひとつ」

「約束」

「はい。あれを」

おしんはよろけ縞の袂《たもと》を摘み、白魚のような指で煤《すす》けた壁を差した。

壁には、酉《とり》の市で求めた大きなおかめ面の熊手が飾られ、それよりもさらに大きな鮑の大杯が隣に吊りさげてある。

「うかむせですよ。あの大杯を七合五勺のお酒で満たし、ひと息に呑んでいただきます」

「え」

「できませんか。それなら、別のお席へどうぞ」

ほかの床几に座る連中が薄笑いを浮かべ、好奇の目でみつめている。

おまえにそんな根性があるわけないと莫迦にされているようで、桃之進の心に反骨魂が燃えあがった。

「やろう」

静かに、しかし意志の籠もった声で言いきる。

客のあいだから、おおと歓声があがった。

おしんだけは、眉ひとつ動かさない。

客たちが大杯を壁から外し、床几のうえに置いた。

常連たちを納得させるためにも、ここはひとつやり遂げねばなるまい。

桃之進は席を立ち、大杯のまえに座った。

おしんが剣菱《けんびし》の一升瓶を抱え、みずから大杯に注ぎだす。

とっくんとっくんと音を起て、酒がどんどん満たされてゆく。

「さあ、注ぎ終えましたよ」

「よし、やろう」

桃之進は両手をひろげ、大杯を持ちあげる。

客たちはみな、息を呑んだ。

おもむろに口を付け、ごくごくと流しこむ。

のどぼとけが上下し、大杯は徐々にかたむいていった。

そして、いちども口を離さず、桃之進は七合余りの酒を呑みきった。

けろりとした顔で鮑の大杯を置き、勇み肌風の若い男に言ってのける。

「こいつを元どおり、吊しといてくれ」

「へい、合点承知」

若い男が威勢《いせい》良く発した途端、どよめきと喝采《かっさい》が沸きあがった。

おしんはとみれば、輝かんばかりの笑顔を浮かべている。

「わたしの目に狂いはなかった。ひと目みたときから、旦那なら呑んでくれるって勘がはたらいたんだもの」

「そうかい。女将は、ふつうの客と蟒蛇《うわばみ》を見分けることができるんだな」

「大杯を呑んでくれたのは旦那で三人目。ひとり目は死んだ亭主なんですよ」

潤《うる》んだ瞳で言われ、桃之進はくらりときた。

四

その晩は「運だめしの席」で何を喋ったのか、どうやって家に帰ったのかさえ、何ひとつおぼえていない。

翌日は酒に浸かったような体で出仕し、安島と馬淵に笑われた。

それでも夕暮れになると酒も抜け、自然と足は聖天稲荷の横町へ向かった。

そんな調子で『おかめ』に通いつめ、春の彼岸も過ぎたころ、おしんに「早咲きの桜を愛でにまいりましょう」と誘われた。

春雨の煙《けぶ》るなか、向かったさきは墨堤《ぼくてい》でもなければ、上野《うえの》山でも飛鳥《あすか》山でもない。

中小の武家屋敷が密集する番町《ばんちょう》であった。

おしんは蛇の目を携《たずさ》えてきたが、桃之進は月代《さかやき》を濡らしたままだ。

相傘で歩むほど親しい仲ではまだない。素性もきちんと告げていないので、八丁堀の不浄役人であろうことはわかっても、まさか、与力とはおもっておるまい。隠すこともなかろうが、おしんも聞きたがっているふうではないし、敢《あ》えて身分を明かす必要もなかろう。

おしんが遠慮して蛇の目をたたもうとするので、桃之進は無言で柄を奪い、斜め後ろからさしかけてやった。

微妙な間合いを保ちつつ、半蔵門《はんぞうもん》から麹町《こうじまち》二丁目まですすみ、番町の御厩谷坂《みくりやざか》へ向かってゆく。

忍んだ逢瀬《おうせ》のようでもあり、少しばかり後ろめたい気持ちはあった。が、浮かれている。こんな気持ちになったのは、久方ぶりのことだ。

だらだら坂を三町ほど上ったところで、おしんは足を止めた。

「そこの辻向こうですよ」

「ほう、どなたかの御屋敷桜か」

「佐野《さの》さまの彼岸《ひがん》桜ですよ。聞いたことがおありでしょう」

「ある。愛《め》でたことはないがな」

禄高五百石の新番士、佐野善左衛門政言《ぜんざえもんまさこと》の名は知らずとも、番町の桜と言えば佐野の桜という評判は聞いている。

「うかむせのお酒を呑みほしたふたり目のお方は、佐野善左衛門さまなのですよ。あんな吹きだまりにお旗本がみえるなんて、ご信じになられないでしょうけど。でも、みえたのですよ。運だめしの席があるっていう噂をお聞きになられ、たったいちどだけね」

佐野善左衛門の運だめしなど、桃之進には興味がない。

そもそも、不浄役人は御城を守る番士との接点がなかった。

佐野某《なにがし》が若いのか年を食っているのか、性質は良いのか悪いのか、皆目、見当もつかない。ただ、意味もなく腹が立つのは、おしんの口の端にのぼったというだけで嫉妬《しっと》を感じてしまったからなのか。

「佐野さまは野心旺盛なお方です。どのような手管《てくだ》を使ってでも田沼さまのおめがねにかなおうと、必死のご様子でした。もちろん、盆暮れの贈答品程度では目を掛けてもらえない」

いっそ、下野《しもつけ》の由緒正しい名門の出である佐野家の系図を改竄《かいざん》し、佐野大明神の大《おお》幟《のぼり》ともども進呈しようかなどと、佐野善左衛門は本気とも冗談ともつかぬことを口走ったらしい。

「田沼さまは出自があきらかでないため、このはなしにはぜったい乗ってくる。系図と交換に昇進を勝ちとることができるかどうか、そこが運だめしなのだと仰って。うふふ、鮑の大杯を空けると同時に、前後不覚になっておしまいに」

「なるほど、そういうことか」

「無垢《むく》な彼岸桜とはうらはらに、出世しか頭にない佐野さまは何だか、ぎらぎらしておいででした。それにくらべると、葛籠さまは正反対」

「脂身《あぶらみ》の抜けた鶏のささみのような男であろう」

「鶏のささみは好きですけど、旦那はそんなんじゃない。出世など気にもなされず、泰然自若《たいぜんじじゃく》としておられます」

「出世など、疾《と》うにあきらめたのさ。人間、無理をしても手の届かぬことがある。無理をせずに生きてゆく術《すべ》をおぼえれば、別のことに楽しみを向けられる」

「たとえば、どのような」

「恥ずかしいはなし、わしは野乃侍野乃介という筆名で散文を書いておる。廓《くるわ》通いの若旦那が行く先々で騒動を巻きおこす滑稽噺《こっけいばなし》でな、半分書いて黄表紙屋に読ませたら買ってもいいと抜かしおった」

「ふふ、やっぱり、旦那はおもしろいお方」

「お、そうか」

弾《はず》むような気分で坂道を上ってゆくと、眼差しのさきに淡い紅色の桜花が飛びこんできた。

「あれだな」

「まあ」

おしんは我を忘れ、みとれてしまう。

「おぬしも、はじめてなのか」

「はい」

ぽっと頬を赤らめるおしんの横顔が眩《まぶ》しすぎ、桃之進はおもわず、目を背けた。

この日は非番だったので、午後からは釣り竿を携え、浜町《はまちょう》河岸のさきまで足を伸ばした。

もうすぐ鱚《きす》や鰈《かれい》が出てくる季節だが、海釣りに行くには早朝から覚悟をきめて舟を出さねばならぬ。午後の川釣りは釣果など期待せず、何となく釣り糸を垂らしに向かうようなものだ。桃之進は見掛けによらず手先が器用なので、釣り竿もみずから工夫を凝《こ》らしたものをつくる。近頃は携行に便利な三本継ぎ、五本継ぎの継ぎ竿を好んでつくり、それが釣り仲間のあいだでも好評を博していた。

夕暮れになっても坊主だったこともあり、桃之進は聖天稲荷の横町へ足を向けた。

すると運悪く、鈍重そうな男が酔客にからまれているのに出くわした。

殴《なぐ》る蹴るの仕打ちを受けたあげく、小便まで引っかけられているのだ。

「おい、やめぬか」

止めにはいった途端、酔客が目を剝いた。

「文句あっか、こら、さんぴん」

地廻りの若造だ。懐中をまさぐり、匕首《あいくち》を抜こうとする。

桃之進は釣り竿を振り、手甲をぴしゃっと叩いた。

「痛っ、やりやがったな」

若造が怒鳴ると、見世から客たちが顔を出した。

面倒臭いので、すっと身を寄せ、当て身を食わせてやる。

「うっ」

若造は自分で弾いた小便のうえに蹲《うずくま》り、そのまま鼾《いびき》を掻きはじめた。弥次馬どもは何事もなかったかのように戻り、桃之進も端唄《はうた》を口ずさみながら歩きだす。

「お待ちを、お待さま、待ってくだせえ」

助けてやった男が駆けより、小便で汚れた手で裾に縋《すが》りついた。

「やめろ、手を放さぬか」

「いやだ。放したくねえ」

凄まじい力で引っぱられ、桃之進は尻餅をつきそうになる。

「待て。わかったから、手を放してくれ」

向きあってやると、男は聞きもしないのに名を名乗った。

「五助《ごすけ》といいます。美濃大垣は安八《あんぱち》郡の小作でごぜえます」

大垣と聞いて、薄汚れた顔をまじまじとみつめる。

「大垣の百姓が、何でここにおる」

「庄屋さまとはぐれちまって。気づいてみたら、酔っぱらいに殴られて小便を」

「庄屋はどこにおる」

「馬喰町《ばくろちょう》の公事宿《くじ》でごぜえます」

「公事宿か」

地方の農民たちが藩主やお上に窮状を訴えるべく、滞在する宿にほかならない。

「すると、おぬしらは大垣から訴状を携えて江戸へやってきたのか」

「へえ。七日前に出てきたばかりで。なにせ、江戸は不案内なもんで、馬喰町がどこにあるかもわからねえ」

「訴えるさきは」

「へ」

「故郷では、双親や女房子どもが困窮しておるのだろう。惨状を訴えるさきは、大垣藩の藩主か」

「へえ、戸田《とだ》のお殿様にごぜえます」

「訴えを取りあげてもらえぬときは、どうするのだ」

「庄屋さまは、駕籠訴《かごそ》をやるしかねえと仰いました」

呑気な顔で漏らすところをみると、五助は駕籠訴をわかっていない。

駕籠訴とは、自分たちの命と引きかえに、行列を組んで登城する藩主の駕籠を止める最終手段にほかならなかった。

桃之進は同情しながらも、一方では悪戯心《いたずらごころ》を掻《か》きたてられた。

「五助よ、おぬし、酒は呑めるか」

「へえ、たぶん」

「訴えの成否を占い、運だめしをする気はないか」

「旦那がそう仰るんなら」

「よし、従いてこい」

桃之進は五助をともない、おかめの暖簾を振りわけた。

「あら、いらっしゃい」

おしんはにっこり笑い、五助にも愛想を振りまく。

五助は茹《ゆ》で蛸《だこ》なみに赤面し、固まってしまった。

「はは、女将に一目惚れか。遠慮いたすな。五助、おぬしの席はそこだ」

運だめしの席に座らせると、おしんが客のひとりに目配せした。

壁から鮑の大杯が下ろされ、床几のうえに置かれる。

おしんが剣菱の一升瓶を抱えてくると、五助は舌舐めずりをした。

「さあ、神棚に願掛けしてから、挑んでちょうだいね」

おしんに促《うなが》され、五助は天井をじっとみつめた。

そして、ぼそっと吐きだした。

「じいちゃんとばあちゃんは死んだ。赤ん坊も死んじまった。嬶《かか》ぁは痩《や》せほそり、乳も出ねえ。村の子どもたちは飢えちまってる。神さま、せめて、子どもたちだけでも助けてくだせえ」

しんと静まった店内に、啜《すす》り泣きが聞こえてくる。

五助の風体をみれば、事情を察することはできた。

おしんは口をぎゅっと結び、どぼどぼと剣菱を注いだ。

「さあ、ひと息でお呑み」

「へえ」

五助は大杯の縁《ふち》に口を付け、のどを鳴らしはじめる。

そして、瞬きのあいだに大杯を干し、悪童のように笑ってみせた。

五

翌夕。

美濃大垣安八郡の庄屋と名乗る人物が、五助ともうひとり別の若者を連れて、おかめを訪ねてきた。

「茂平《もへい》と申します。たいへんなご面倒をお掛けし、まことに申し訳ございませんでした」

五十がらみの茂平は門口に立ち、五助の首根っこを摑《つか》んで頭を下げさせる。

昨夜はともに呑みあかしたあと、へべれけになった五助を、見世の常連に頼んで馬喰町の公事宿まで送らせたのだ。

「この愚か者をお助けいただいたのが、まさか、御奉行所のお役人であったとは、面目次第もございません。あの……恐縮ですが、御姓名をお聞かせ願えませぬか。五助のやつが失念してしまったもので」

「葛籠桃之進と申す」

「は、ありがとう存じます。失礼ながら、お役目は」

「それはよかろう。おかめの客に身分や貧富の差はない。ひとたび敷居をまたげば、侍も百姓もないのだ。壁にある大杯を干した者は、みなに敬《うやま》われ、羨《うらや》ましがられる。美人女将と差しつ差されつ、美味い酒を愉しむ栄誉に与《あずか》るのだからな。大杯を干した五助は、おかめではお大尽も同然。運だめしの席に座ってもよいのは、ここにおる客のなかでは、わしと五助だけだ」

茂平が連れてきたもうひとりの若者は太郎次《たろうじ》といい、二十五の五助よりも三つ年下の同じ小作人だが、鈍重な牛を連想させる五助とはちがい、きかん気の強そうな面構《つらがま》えをしている。

茂平たち三人は常連に招かれ、見世のまんなかに座を占めた。

遠路はるばる故郷の窮状を伝えにきた三人は賓客《ひんきゃく》として扱われ、矢のような質問攻めにあう。

最初は興味本位だった客の顔も、次第に真剣なものに変わっていった。

「大垣は長良《ながら》川に揖斐《いび》川、それに琵琶《びわ》湖も近うございます。肥沃《ひよく》な平野の北西に位置する安八郡も水運に恵まれた風光明媚《ふうこうめいび》な里ですが、土地が低いだけに古来から数多くの水害に見舞われてきました」

茂平はおしんの注いだ酒で舌を湿らせ、淡々と喋りつづけた。

「水害から田畑を守るため、周囲を堤で囲む輪中《わじゅう》ができ、ほとんどの家作は土盛りした高みに建っております。天井に舟を吊す上舟《あげぶね》や、敷地の一画に水屋と呼ぶ避難小屋をもうけるなどといった工夫も随所に凝らし、どうにか、ご先祖の土地を守りつづけてきたのでござります。なれど、一昨年昨年と不作がつづき、村はどうにも立ちゆかなくなりました」

ほとんど食べ物が無くなり、木の皮やら藁《わら》やらを食べる者まで出てきた。

「米を分けてほしいとは申しません。大垣の御城に備蓄された粟《あわ》や稗《ひえ》をお分けしてほしいと泣きついても、お役人衆にはまったく聞きいれてもらえず、逆《さか》しまに、年貢米の不足分を催促される始末、年明けとともに、年寄りや幼子たちの多くが飢え死にいたしました」

一日でも早く、食べ物の配給と年貢米の減免を実施してもらわぬことには、明日にでも村人挙《こぞ》って逃散《ちょうさん》を余儀なくされる事態となる。

「ゆえに、わたしと五助、それから太郎次の三名で訴状を携え、江戸へ出てまいりました」

飢饉の影響で地方が疲弊の極みにあることは知っていたが、実際に辛酸《しんさん》を舐めつづけてきた農民の生々しいはなしを聞くと、悲惨な状況がひりつくような痛みとなって伝わってくる。横町の居酒屋で杯をあげ、くだを巻いていることさえ、申し訳ないという気になってきた。

「訴えは、取りあげてもらえそうか」

桃之進が尋ねると、茂平は首を振った。

「江戸にまいって八日が経ちましたが、訴状を受けとってもいただけません。公事宿のご主人にも骨を折っていただいているのですが、いっこうにめどはつかず、正直、途方に暮れております」

「長引けば、宿代がかさむばかりであろう」

「仰せのとおり、伝手を頼ってお借りしてきた路銀も、残りは些少《さしょう》です。さよう、あと二日」

明後日までに何らかの回答が得られなければ、最後の手段に訴えるしかないと、茂平は口を引きしめる。

「駕籠訴をやるのか」

「はい」

「登城と下城、どっちを狙う」

「慣例から申せば、登城かと」

三日後の辰《たつ》ノ刻前、三人で虎《とら》ノ門《もん》の門外に潜《ひそ》み、九曜紋《くようもん》の刻印された網代《あじろ》駕籠めがけて、駆けよせる腹でいるのだ。

「その場で斬られても、文句は言えぬぞ」

「覚悟はできております。百姓たちの必死のおもいを、どうあっても、お殿様にお伝え申しあげたいのです」

桃之進は、問いをかえた。

「おぬしらが江戸へ出てきたころのはなしだが、溜池の美濃屋が打ち毀しに見舞われた。知っているか」

「存じております」

一瞬、茂平は顔を曇らせた。

「どうした。美濃屋は大垣藩の御用達であろう。おぬしらが汗水垂らしてつくった年貢米を取りまとめ、千代田の御城に献上する旗頭でもある」

「いかにも、さようにござります。主の利右衛門さまは美濃出身の商人、何度かお目に掛かったこともござります」

「ほう。利右衛門とは、どのような男だ」

「年は五十を過ぎたばかり。お若いのに、一代で江戸屈指の米問屋にのしあがった。よほどの才覚がなければ、できることではありません」

「性分は」

茂平が黙りこむと、太郎次が脇から応じた。

「血も涙もねえ男さ」

「こら、黙らぬか」

茂平に叱《しか》られ、太郎次は唇を噛む。

三人のしめす態度で、美濃屋利右衛門の人となりは見当がついた。

「ま、庄屋の立場では言いにくいこともあろう」

「もしや、葛籠さまは打ち毀しのあった晩、その場におられたのでしょうか」

「なぜ、聞く」

「いえ、そんな気がしたものですから」

「おるにはおった。が、役には立たなかった」

おしんをちらりとみると、こちらに背を向け、聞こえていないふりをしている。

米蔵を襲った暴徒といえども、ほとんどは飢えた百姓たちにほかならず、そうした弱い者たちを取りしまる不浄役人のことは、やはり、好きになれないはずだ。

茂平が悔し涙を滲ませ、苦々しげに吐いた。

「打ち毀しは卑劣な手段でござります。あんなことをやったら、国元で馬車馬も同然に野良仕事をしている連中が浮かばれない。されど、奔《はし》りたい気持ちもようくわかる。わたしらはもう、我慢の限界まできているのです」

「わるいことは言わぬ。駕籠訴はやめろ」

安易な台詞を口走ると、茂平が声を荒らげた。

「江戸のお役人に、何がわかると言うのです。わたしは庄屋ですから、もう覚悟はできている。なれど、この五助と太郎次は籤を引いてきたのです。当たり籤を引きあてたとき、五助の女房はその場で気を失いました。太郎次の老いた母親は勘弁してほしいと泣きさけびました。五助と太郎次は村人たちから生き神として祀《まつ》られ、弔《とむら》いを済ませたのち、江戸へまかりこしたのでござります」

五助と太郎次は、故郷ではすでに死者の扱いを受けている。ゆえに、帰りの路銀を残す必要もないという。茂平たち三人はみずからの命と引きかえに村の惨状を訴え、国元の城からわずかでも食べ物を分けて欲しいと、殿様に懇願《こんがん》する気でいるのだ。

気持ちはわかる。だが、駕籠訴はおそらく成功すまい。

三人をあたら死なせるわけにはいかぬと、桃之進は強くおもった。

「茂平、目安箱という手もあるぞ。お上のほうへ、直に訴えるのだ」

「できませぬ」

茂平は襟を正し、きっぱりと言いきる。

「美濃大垣のご領主を差しおいて、そのような卑怯《ひきょう》なまねはできませぬ」

「ふうむ」

桃之進は腕を組み、苦しげに唸った。

軟弱な城勤めの侍よりも、百姓たちのほうが遙かに侍らしい。

己を捨て、大儀のためには潔く死んでみせる。

こやつらは武士《もののふ》そのものではないかと、桃之進は感じ入ってしまった。

六

藩邸にいくら通っても訴えは取りあげてもらえず、茂平は駕籠訴をやるときめた。

前夜、その決意をふたりの小作に伝えると、半刻もしないうちに、太郎次がすがたをくらました。

「臆病《おくびょう》風に吹かれたか」

五助ともども、薄闇に包まれた馬喰町の周辺を探してまわったが、みつけることはできなかった。

茂平は五助ともはぐれ、心細い気持ちを抱えながら、公事宿への帰路をたどった。

亥ノ刻を過ぎてしまったせいか、随所で町木戸が閉まっており、知らない道をたどらねばならなかったので、いっそう不安は募《つの》った。

「五助は戻ってこられるだろうか」

何度も振りかえりつつ、堀川の縁までやってくる。

浜町河岸が竜閑川《りゅうかんがわ》に繋がるあたりで、川向こうには蔵のような公事宿が軒を並べていた。

ほっと安堵の息を吐き、迂回《うかい》して橋を渡りかける。

すると、橋向こうから、大柄の浪人者がゆっくり歩いてきた。

異様なまでの殺気を感じ、手足が金縛りにあったように動かない。

助けを呼ぼうにも、周囲に人影はなかった。

——火の用心、さっしゃりませ。

番太郎の声につづき、拍子木の音が遠くから淋しげに響いてくる。

浪人者は懐手で弥蔵《やぞう》をきめ、口端を吊りあげながら近づいてきた。

茂平は足を引きずり、欄干《らんかん》に身を寄せた。

浪人者は橋のまんなかを歩き、歩幅も変えずに通りすぎてゆく。

冷や汗が、背中にじっとり滲《にじ》んだ。

歩きだそうとした瞬間、よどんだ空気が渦を巻いた。

「おい」

地獄の底から、獄卒《ごくそつ》が声を掛けてくる。

顎を震わせて振りむくと、羆のような大男が鼻先に立っていた。

「おぬし、安八郡の茂平だな」

返事をする暇もない。

獄卒は四尺の剛刀を抜きはなち、切っ先で背中を搔かんとするほど振りかぶるや、

「ふえい……っ」

気合一声、真っ向幹竹《からたけ》割りに刃を振りおろした。

ぶんと、刃音が唸る。

茂平には、何も聞こえなかった。

揖斐川の土手に、たんぽぽが揺れている。

つかのま、そんな景色が浮かんで消えた。


翌夕、馬淵斧次郎の口から茂平の死を報されたとき、桃之進はことばを失った。

口惜しさも怒りも感じず、ただ、頭のなかが真っ白になった。

「身元がなかなか割れず、近くの公事宿に聞いてまわって茂平と判明するのに、一日を要しました」

「ほとけは検分したのか」

「はい。頭蓋をぱっくり割られ、無残なほとけでした。されど、物盗りの仕業《しわざ》でないことは確かです」

茂平の胴巻きには、路銀が盗まれずに残っていた。

「物盗りでなければ辻斬り、あるいは密殺の線も考えられます」

「密殺か」

「茂平は国元の惨状を訴えるべく、小作人ふたりを連れて江戸へやってきた。葛籠さまからそのあたりの経緯を伺っておりましたもので、拙者も安島どのも密殺の線が濃厚ではないかと疑っております」

「されど、茂平に殺される理由はあるまい。馬喰町の公事宿は、国元の惨状を訴える百姓たちで溢《あふ》れているとも聞く。訴えを起こした百姓たちをいちいち斬っていたら、江戸に屍骸の山が築かれよう」

「葛籠さまがお聞きになっていない秘密を、茂平は握っていたのかもしれません。いずれにしろ、大垣藩邸が怪しいですな。少しばかり、動きを探りますか」

「よいのか」

「無論でござる。茂平なる者、駕籠訴もできずに、さぞ無念であったに相違ない。拙者も先祖をたどれば出自は陸奥《みちのく》の山侍、困窮を強《し》いられる百姓たちには同情を禁じ得ません。おそらく、安島どのも同じおもいのはず。すでに、先んじて動いておりましょう」

「なれば、頼む」

「葛籠さまはどちらへ」

「五助を捜す。何か事情を知っておるやもしれぬ」

「あてはおありですか」

「ある」

茂平を失って逃げこむさきは、ひとつしかあるまい。

桃之進は奉行所を飛びだし、呉服橋を駆けぬけると、聖天稲荷の横町に向かった。

七

おかめにたどりつくと、見世は閉まっていた。

「女将、開けてくれ、わしだ」

木戸をどんどん敲《たた》くと、わずかに隙間が開いて、おしんの切れ長の眸子が覗く。

「旦那、やっとみえたのね」

木戸が開き、おしんが内に入れてくれた。

「お」

桃之進の目を惹きつけたのは、隅に飾られた桜の幹だ。

腕の太さほどもある幹から枝が何本も伸び、華やかな花弁に彩られている。

開ききった花弁は濃艶そのもので、彼岸桜であろうことは容易にわかった。

「あれは」

「昨晩、いらっしゃらなかったでしょう。旦那のかわりに、佐野さまがみえられたんですよ」

「庭の桜を伐《き》ってきたのか」

「ええ、何でも運を開いてくれたお礼だとかで。例の系図の件で、若年寄の田沼意知さまから詳しく事情を聞きたいとのお声が掛かったそうです。近々、築地のお屋敷に招かれるのだとか。佐野さまはそれはもう、舞いあがらんばかりでしたよ」

「ふうん」

屋敷に招かれるというだけで運が開けたとおもうのは、浅はかと言うよりほかにない。だが、桃之進は黙っていた。

関心は別にある。

「五助は来ておらぬか」

焦りを抑えて尋ねると、おしんは裏手に目をやった。

「戸口のところで震えておりますよ」

「事情は聞いたか」

「ええ。茂平さんがお亡くなりになったと。痛ましいはなしです」

五助は昨晩遅くあらわれ、一刻ほど声を失っていたという。

「もうひとり、若いのはどうした」

「駕籠訴のはなしを聞いた途端、どこかに消えてしまわれたそうです。ふたりは太郎次さんを連れもどすべく、夜の町に飛びだしました。けれども、みつからず、肩を落として帰ってくる途中で、茂平さんが大柄の浪人者に斬られたのだそうです」

「なに、大柄な浪人者だと。五助はみたのか、茂平が斬られたところを」

「はい。物陰から声を掛けたにもかかわらず、茂平さんは気づかずに橋を渡ってしまわれた。追いかけていったら、橋向こうから浪人者があらわれ、いったんは通りすぎましたが、振りむきざま、腰の刀を抜いて大上段に構えるや」

おしんは口を噤み、首を左右に振った。

「痛ましや。そこからさきは、ご本人にお聞きください」

桜の枝の狭間《はざま》から、みっともない泣き顔が覗いている。

「旦那」

五助は身を乗りだし、桃之進に抱きついてきた。

あまりに力が強いので、息が詰まりそうになる。

おしんも手伝い、どうにか五助の身を剝がした。

床几に座らせ、水を与える。

五助は柄杓の水をひと息に呑みほし、ようやく落ちつきを取りもどした。

「旦那、庄屋さまが殺《や》られちまった」

「ああ、存じておる。おぬしは下手人の顔をみたのだな」

「暗くて、よくおぼえちゃいねえ」

「どんな男だ」

「熊みてえに図体のでけえ男で、それに、恐ろしい声だったよ」

「声を聞いたのか」

「聞いた。庄屋さまの名を呼んでた」

「それは、ほんとうか」

「嘘じゃねえ。安八郡の茂平だなって、そいつを確かめてから刀を抜いたんだ」

茂平は一刀のもとに頭蓋を割られ、鮮血を噴きながら大の字に倒れていった。

五助は物陰に蹲《うずくま》ったまま、半刻余りも動けなかったらしい。気づいてみると、木戸から木戸を抜け、聖天稲荷の横町へ逃げてきていた。

「公事宿に戻ったら、きっと誰かに殺される。おらあ、そうおもった。女将さんのところしか、頼るさきはねえ」

道はうろおぼえだったが、神仏の導きで『おかめ』にたどりつくことができたと言い、五助はおしんに両手を合わせた。

「おやめ。あたしゃ、神でも仏でもないんだからさ」

「いいえ、女将さんは普賢菩薩《ふげんぼさつ》でごぜえます。そして、旦那は毘沙門《びしゃもん》さんだ。きっと、庄屋さまの仇を討ってくれるにちげえねえ」

「早まるな。おぬしには、聞かねばならぬことが山ほどある」

「へえ」

「何か隠し事はないか。茂平に、これだけは誰にも喋るなと口止めされていたこととか、そういったたぐいのものだ」

「そんなものはありません。でも、江戸へ来る道中でいちどだけ、穏やかな庄屋さまがとんでもねえ剣幕で怒《おこ》ったことがありました」

「詳しくはなしてみろ」

「へえ。おらがあやまって、庄屋さまの行李《こうり》を開けてしまったんです。行李には絵図が一枚たたんでへえっておりました。そいつを何気なく開いてみたら、気づいた庄屋さまが『莫迦者、勝手にみるでない』と、雷を落とされたのです」

茂平に秘密があったとすれば、それだなと、桃之進は直感した。

「どこの絵図だった」

「江戸にまちがいねえ。まんなかに御城と二重のお濠が描かれておりましたから」

「ほかに、何か気づいたことは」

「御城の右上に、朱で囲ったところがありました。何やら字も書いてありましたが、おらは漢字が読めねえ」

漢字は読めぬが、五助の記憶力はしっかりしており、朱で囲まれたところには「○し蔵」と書いてあったという。○の部分は漢字で、蔵に関わるものであることは確かだが、すぐには浮かんでこない。

いずれにしろ、茂平は五助にさえ漏らすことのできない蔵の所在を知っていた。

いったい、誰の蔵なのか。そして、何を貯蔵しておく蔵なのか。はっきりとはしないが、茂平は蔵の場所を知っていたがために、命を落としたのかもしれなかった。

桃之進は、問いを変えた。

「太郎次の行く先に心当たりは」

「あるわけがねえ」

と言いかけ、五助はぱしっと膝を叩いた。

「ひょっとしたら、太郎次のやつ、回向院《えこういん》のお救い小屋に行ったのかもしれねえ」

「回向院、本所のか」

「本所、そうだ。回向院に行けば、きっと誰かに声を掛けられるって、あいつ、目をぎらぎらさせてたっけ」

「誰に声を掛けられるというのだ」

「さあ、知らねえ。でも、声を掛けられた連中はどこかの荒れ寺に集められ、打ち毀しに駆りだされるんだと、太郎次は言っておりました」

「何だと」

「ちょうど江戸に着いた晩、美濃屋さんの米蔵が襲われた。太郎次はえらく羨ましがり、自分もやってやりたかったと、うん、確かにそう言ったな」

五助のことばを聞きながら、桃之進は鉛を呑んだような感覚をおぼえた。

ふいに、脳天に振りおろされてくる剛刀の刃音を聞いたのである。

三分坂の坂上で対峙した浪人が、茂平を斬った男なのではあるまいか。あのとき、十手で弾いた刀が茂平の脳天を叩き割った刀なのではないかと、そんな気がしてならない。

佐野善左衛門の伐った桜が、色褪《あ》せてみえる。

「泡食って出世するのは鯔《ぼら》ばかり」

当世流行の川柳が、口を衝いてでた。

困窮した百姓たちのことなど一顧だにもせず、みずからの出世だけを望む鯔侍のすがたが、何やら滑稽におもわれて仕方ない。

「旦那、その桜、溝《どぶ》に捨てちゃいましょうか」

おしんも同様に感じたのか、伝法《でんぽう》な物言いで吐きすてた。

八

翌晩、桃之進は馬淵と安島を飯田町の『軍鶏源』に連れだした。

三人で熱い鍋を囲むのは景気づけのようなもので、探索の結果、はなしの大筋がみえてきたことを物語っている。

「そうか。大垣藩の留守居役は、毎夜のように美濃屋利右衛門と会っているのだな」

「ええ。昨日は浮世小路の百川《ももかわ》、今日は深川の二軒茶屋と、値の張る料亭で酒宴をかさねております」

「いい気なもんだ」

馬淵の説明に、桃之進は眉をひそめた。

「宴にはかならず、大垣藩蔵奉行の小野寺兵庫《おのでらひょうご》という者が従いてきます。どうやら、この小野寺が留守居役の懐刀《ふところがたな》らしく、連絡役をやらされている模様です」

「なるほど」

昨夕、小野寺は動いた。編み笠をかぶって面相を隠し、しかも単独行動となれば、怪しまないわけにはいかない。馬淵は尾行した。

小野寺は溜池の端から小舟を調達して京橋川へ向かい、鉄砲洲《てっぽうず》稲荷のさきから大川へ出た。凍てつく大川を斬るように遡上し、今戸から山谷《さんや》堀へ舳先をすすめ、吉原《よしわら》を斜に眺めつつ、ひたすら西へ向かった。

目黄《めき》不動の安置された永久寺《えいきゅうじ》や、投込寺の浄閑寺《じょうかんじ》を左右にみながら通りすぎ、下谷《したや》の百姓地を突っきる。

田畑に囲まれた竜泉寺《りゅうせんじ》のそばには、大垣藩の下屋敷があった。

「おそらく、下屋敷へ向かうのだろうとおもいました」

舟便のほうが徒歩より早いが、陸へあがるころにはとっぷり暮れていた。

竜泉寺の北側をまっすぐ東にすすめば、飛《とび》不動や鷲《おおとり》明神へ通じ、物寂しい浅草田圃のただなかには不夜城の艶めいた光が灯っている。

小野寺はしかし、下屋敷へは向かわなかった。

音無《おとなし》川に架かる木橋を渡り、鶯の初音聴きで知られる根岸のほうへ遠ざかった。

そのあたりは時雨《しぐれ》ヶ丘とも呼ばれる丘陵で、文字どおり、時雨に打たれたような佇まいの大松が聳《そび》えていた。

「御行《おぎょう》の松でござる」

大松の根本に立ち、蔵奉行を待ちうけている男があった。

「腰に長尺の刀を差した浪人でした。おそらく、葛籠さまが出役で取り逃がした首領格の男ではないかと」

馬淵はそれと察し、注意深く様子を窺った。

「浪人は蔵奉行から金を受けとっておりました。包封の切られていない蒲鉾《かまぼこ》が四つはござりましたな」

ふたりは、たいして会話も交わさずに別れた。

馬淵は迷わず、浪人のほうを追った。

浪人も小舟を使い、たどってきたのとほぼ同じ経路を戻った。

向かったさきは、赤坂である。

「南部坂から転坂、さらに、葛籠さまが一手交えた三分坂にいたり、これはまちがいないと確信いたしました」

浪人は三分坂から円通寺《えんつうじ》坂へ足を伸ばし、坂の中腹にある仕舞屋《しもたや》にいたると、裏口から内へ忍んでいった。

「仕舞屋は何と、美濃屋利右衛門が妾に金貸しをやらせている別宅にほかなりませんでした」

「ほう、驚いたな」

美濃屋を襲った中心人物が、美濃屋の妾宅をこっそり訪ねたのである。

「おぬしのことだ。浪人の素性も調べたのであろう」

「ざっくりとは」

浪人は名を蟇目辨之輔《ひきめべんのすけ》といい、兜割りを得手とする卜伝《ぼくでん》流の使い手であるという。

出自は知れず、身分も定まっていないが、大垣藩では食客のような扱いを受けているようだった。

美濃屋は、暴徒を先導した蟇目辨之輔と裏で通じている。

あらかじめ、米蔵が襲われることを知っていたのではなかろうか。

あるいは、蟇目を先導役に雇い、わざと蔵を襲わせたのかもしれない。

しかも、蟇目は大垣藩の蔵奉行とも通じている。金まで貰っていたのだ。

大垣藩の重臣と美濃屋、双方に通じる得体の知れない浪人者。この三者が共通の利害のもとに動いているのだとすれば、わざと米蔵を襲わせるという暴挙の裏にはいったい、どのような思惑が隠されているのだろうか。

「締売りではないかとおもわれます」

馬淵が自信ありげに言った。

締売りとは、米の買い占めによって、米問屋が私腹を肥やすことだ。

美濃米を取りまとめる美濃屋と、出納《すいとう》を左右できる蔵奉行が手を組めば、できないはなしではない。締売りは天下の大罪だが、藩の留守居役が裏で糸を引いているとすれば、ごまかしようはある。

美濃屋を暴徒に襲わせたからくりは、なるほど、締売りとの関わりで説明することができる。世間に米不足との印象を与え、市場に米を出さないための方策だったにちがいない。

「米俵に小豆を詰めておいたのも、高価な米を盗ませないための手管だったのでしょう」

米は大量にある。何処《どこ》かの蔵に眠っているはずだ。米を売り惜しめば、米価は吊りあがる。機をみて小刻みに売れば、売ったぶんだけ莫大《ばくだい》な儲《もう》けが捻出できるというからくりだ。

「悪党どもめ」

桃之進は、伸びはじめた無精髭をぞりっと撫でた。

締売りの市場に与える影響は大きい。献上米をつかさどる大垣藩の動向は、確実に米相場を動かす。一握りの悪党のせいで米不足が生じれば、米価が急騰するだけでなく、飢《う》える者が大勢出てくる。野放図に締売りをつづけさせておけば、一部の者だけが潤う最悪の状況はつづく。

「藩ぐるみで関与している気配はないのか」

「それはござりますまい」

御年三十歳、在位十六年目の七代藩主氏教《うじのり》は、英邁《えいまい》な領主と評判の人物であった。先代氏英《うじひで》に嗣子《しし》はなく、氏教は養嗣子として上野館林藩《こうずけたてばやし》より迎えられた。館林藩は五代将軍綱吉《つなよし》を出した将軍家の血筋、氏教は五年前まで本丸老中をつとめた松平右近《うこん》将監武元《しょうげんたけもと》の次男にほかならない。将軍家への忠義は厚く、末は本丸老中として幕政を託すことのできる逸材と目されていた。

馬淵の読みどおり、藩主の関与はあるまい。

「腐った根がどこまで伸びているかはわかりませんが、根本に控えている悪党は留守居役の坂東隼人丞にござります。藩の処断に任せるとしても、締売りの確証をつかまねばなりますまい」

ふだんは物に動じない馬淵が、めずらしくも気色《けしき》ばんだ。

「この一件、放ってはおけませぬな」

間の抜けた馬面だが、巨悪に雄々しく立ちむかう気概を裡《うち》に秘めている。

ふと、桃之進は五助の口から漏れた「絵図」のことをおもいだした。

「馬淵、わかったぞ」

「え、何がでござりますか」

「茂平が携えていた絵図のことさ。○し蔵の○は、隠という字だ。つまり、美濃屋の隠し蔵がある場所をしめしているのではあるまいか」

「なるほど、米俵の積みあげられた隠し蔵さえみつけられれば、締売りの確乎たる証拠となりましょう」

「御城の右上といえば北東、下谷には大垣藩の下屋敷がある。おそらく、その近辺にちがいない」

「されど、絵図がないことには、隠し蔵の位置までは特定できませぬ」

「そうだ。公事宿の主をあたってみてくれ。茂平がえらく信頼しておったゆえ、ひょっとすると預かっているかもしれぬ」

「かしこまりました」

馬淵が急いで出てゆくと、安島が呑気な顔で喋りかけてきた。

「葛籠さま、拙者は回向院のほうを探ってまいりましたぞ」

「おう、そうか」

「太郎次なる者の行方は、判然といたしませなんだ。されど、五助の申したとおり、怪しげな浪人どもが百姓に声を掛けておりました」

安島は百姓に化け、はなしに乗ったふりをした。そして、薄汚い百姓たちといっしょに、下谷にある一本杉が目印の荒れ寺へ連れていかれたという。

「美濃屋を襲った連中も、その荒れ寺にいったん集められたのではないかとおもわれます。声掛けの浪人どもを雇っておるのが、蟇目辨之輔かもしれませぬな」

おそらく、蔵奉行の小野寺兵庫から手渡された金の一部が、食い詰め浪人を雇うために使われているのだろう。

「看過できぬはなしだな」

「定町廻りの轟三郎兵衛から一報がはいりました。明晩、赤坂で打ち毀しがおこなわれる模様です」

「何だと、それをはやく言わぬか」

「はあ、申し訳ございませぬ」

暴徒のなかに潜入させた内通者からの報せだけに、信頼できるはなしだという。

襲撃の対象となる商家は、麻布牛啼坂《うしなきざか》の坂下にある『笠松屋《かさまつや》』という米問屋らしかった。

「調べたのだろうな」

「ええ、もちろんです。笠松屋は美濃出身の商人、大垣藩の御用達でもあります。美濃屋にとっては最大の競合相手ですな。主の笠松屋勘十《かんじゅう》は昨年の暮れ、お救い小屋に古米を大量に供出したことで男をあげた。爾来《じらい》、お上のおぼえもめでたく、次季献上米の入札では美濃屋を差しおいて一番手になるものと目されておるとか」

献上米の入札順はそのまま御用達の格付けとなり、藩内のあつかいも格段にちがってくる。

「このままだと、美濃屋が二番手に落ちるわけか」

「そうはさせじと、美濃屋は留守居役とはからい、どんな手を使ってでも、笠松屋を潰しにかかるに相違ござらぬ。拙者の邪推ですが、先日の打ち毀しも悪党どもの仕掛けた罠だったのではないかと」

まちがいなかろう。美濃屋襲撃は、笠松屋襲撃を隠蔽するための布石なのだ。

打ち毀しの現場へおもむき、暴徒を先導する浪人の中心に蟇目辨之輔のすがたがあれば、たちどころにそれは証明される。

「まいるか」

「え、兜割りと勝負なさるので」

「まあな」

「策がなければ、返り討ちにあわれますぞ」

「莫迦にいたすな。策はある」

「ほほう、どのような」

正直、刀では勝てぬ。いちど立ちあってみれば、たちどころにわかることだ。

「四尺の物干し竿に、二尺五寸の刃で対抗できるとおもうか」

「まず、無理でしょうな」

「刃長の差を埋めるには、迅速さがいる。だが、今のわしに速さはない。ゆえに、このたびは管槍《くだやり》を使う」

「え、槍ですか」

「無外流には槍術の秘技もある。残念ながら、わしは習得しておらぬがな」

「何と」

安島は、がくっと肩を落とす。

「まあ聞け。管槍にちと細工をほどこした。これが我ながら、見事な細工でな」

「葛籠さま、無礼を承知で申しあげます。策におぼれますな」

「なに」

むかっときたが、安島の指摘にも一理ある。

いましめの助言として受けとっておこうと、桃之進はおもった。

九

遊女の投込寺として知られる浄閑寺の裏手には、縹渺《ひょうびょう》とした田圃が広がっている。

焼き場が近くにあるせいか、屍骸を焼いた臭気がただよっており、顔をしかめながら細道を歩いていると、行く手に杉の老木が悄然《しょうぜん》と佇んでいた。

ご先祖が杉林を伐採して田に変えるとき、何故、この杉を一本だけ残したのか。それは背後に控える荒れ寺との関わり無しには説明できそうにないが、寺の由緒を知る者もいなかった。

杉の木陰から窺《うかが》ってみると、御堂の正面に大きな篝火が焚かれている。すでに、襤褸《ぼろ》を纏った連中が大勢集まっており、浪人どもの手で鍬《すき》や鋤《くわ》や筵旗、景気づけの酒樽までが用意されていた。

百人を超える暴徒の群れは何組かに分かれ、夜の帳《とばり》に溶けこみつつ、麻布まで向かうのだ。しかし、誰ひとりとして、襲うさきは報されていないようだった。不安げな顔をしているのは、そのせいもあろう。

群衆のなかには、太郎次の顔もみえる。隣には、五助の顔もあった。

ふたりとも、緊張で頬を強張らせている。与えられた自分たちの役割を無難にこなすことができるかどうか。それを考えると、のどが渇いて仕方なく、酒樽の酒ばかり啖っていた。

桃之進の懐中には、馬淵が公事宿で手に入れた茂平の絵図があった。

おもったとおり、絵図には美濃屋の隠し蔵が明示されている。

ここから、さほど離れてもいない。御行の松の北側に流れる音無川沿いに、合掌造りの百姓家が何棟か建っており、どうやら、その百姓家に大量の米俵が隠されているらしかった。

蔵ではないので、よそ目にはわからない。米俵は深夜ひっそりと、船便で少量ずつ運ばれてくる。見張りは常時七、八人おり、いずれも金で雇われた食い詰め浪人たちであった。

馬淵をそちらに待機させ、桃之進は安島とともに、蟇目辨之輔があらわれるのを待っていた。

扇動役の蟇目を討ち、暴挙を止めさせねばならぬ。

めざす笠松屋の周辺には、雪辱を誓う捕り方が万全の態勢で待ちかまえているはずだった。このまま、暴徒を奔《はし》らせてしまえば、双方に多くの怪我人が出ることは目にみえている。騒動に紛れて付け火でもやられれば、敵のおもうつぼだ。

ひとたび火の付いた群衆は、手が付けられない暴徒と化す。

そうさせないためには、どうあっても、蟇目をここから先へ通すわけにはいかなかった。

「葛籠さま、あれを」

暗がりに提灯が灯り、大柄の浪人者がひとりでやってくる。

「蟇目だな。まちがいない」

「されば、拙者はここに控え、背後を守っております」

「あのざわめきだ。叫んでも、誰ひとり気づかぬわい」

「まんがいち、ということもござります」

「助太刀はしてくれぬのか」

「せぬでもありませぬが。やるとなれば、飛び道具になりますな」

と、うそぶき、安島は揚弓を取りだす。

「そいつは、矢取女の尻を狙う弓矢であろうが」

「よくおわかりで。されど、莫迦にしたものではござりませんぞ。拙者、揚弓に関しては百発百中にござる」

「遊びすぎだ。ま、邪魔にならぬ程度に頼む。それより、わしがやられたら骨を拾ってくれ」

「それだけは、ご勘弁を。なにぶん、養わねばならぬ妻子のある身」

「正直な男だな」

「申し訳ございませぬ」

「まあよい。高みの見物でもしておれ」

「は。されば、ご武運をお祈り申しあげております」

かしこまってみせる安島に、桃之進は愛刀の孫六を手渡した。

刀のかわりに、柄が太くて短い管槍を手にし、くるりと背を向ける。

「葛籠さまは、よもや負けますまい」

と、安島が背中に囁《ささや》いた。

「たとい、四尺の物干し竿といえども、無外流の管槍にはかないませぬ」

もはや、桃之進の耳には、何ひとつ聞こえていない。

神経を研ぎ澄ませば、聞こえてくるのは風音だけだ。

夜空には刃物のような月が泳ぎ、青黒い群雲《むらくも》を裂いている。

あの雲にだけはなりたくないなと、桃之進はおもった。

田圃の一本道は心もとない月影に照らされ、こちらに向かってまっすぐに延びている。

桃之進は何をおもったか、道端に管槍を突きたて、脇差をひとつ腰に差しただけの恰好で歩きつづけた。

　正面の提灯が揺れながら止まり、蟇目辨之輔が声を掛けてくる。

「何じゃ、おぬしは」

「出迎えでござる」

「出迎えなどいらぬわ。早う、持ち場へ戻れ」

「そうはいかぬ。なにせ、死出の出迎えだからな」

「何じゃと」

　蟇目は数歩近づき、提灯を翳《かざ》した。

「見慣れぬ顔だな。いや、どこかで見掛けた面だ」

「おもいださぬほうが身のためだぞ。蟇目辨之輔、おぬしは路頭に迷う憐れな連中を煽りたて、美濃屋を襲わせたな。しかも、それはあらかじめ、美濃屋自身がお膳立てした狂言であった。おぬしはまがりなりにも武士でありながら、締売りでぼろ儲けをもくろむ連中の子飼いとなった。武士の矜持《きょうじ》を捨て、わんわん吠えながら、糞金のおこぼれを頂戴しておるのであろう」

「ふん、よう喋る男だ」

「茂平を斬ったのも、おぬしだな」

「ああ、それがどうした。大垣の庄屋がひとり死んだとて、世の中がひっくり返るわけでもなし。たいしたことではないわ」

「おぬし、始末に負えぬ悪党だな」

「偉そうなことを抜かすでない。おもいだしたぞ。おぬし、三分坂で死に損なった腰抜け役人であろう」

「ご名答」

「死ににきたのか」

「ああ、そうだよ。大儀のために死んでいった茂平を弔《とむら》うべく、わしも命を賭けてみたくなった」

「風変わりな男だな。不浄役人にしておくのはもったいない」

「おぬし、望みは何だ」

「望みとは」

「生きる望みさ。食って寝て糞を垂れる。わしはな、それだけのために生きたくはない」

「ほう。なら聞くが、おぬしは何のために生きるのだ」

「身を捨てて、弱き者のために闘う。そのために生きるのもよいと、茂平に教えてもらった」

「ふん、きれいごとを抜かしおって。死ねば元も子もないわ。おぬし、わしには勝てぬぞ。だいいち、腰にあるのは脇差ではないか。そいつで、この蟇目辨之輔と闘うのか」

「いかにも」

「笑止な。四尺の剛刀と一尺五寸の脇差では、どだい勝負にならぬぞ」

「その慢心が仇となる」

桃之進は、管槍を手にしていない。

半町近く後ろに、道標のごとく突きたっていた。

尋常に闘えばかなわぬ相手だが、道標まで導いてやれば勝機はある。

桃之進は身を沈め、すすっと間合いを詰めた。

「うぬ」

不意を衝かれた蟇目は先手を取られ、仰けぞりながら刀を抜く。

一瞬早く脇差が鞘を離れ、蒼白い閃光が弧を描いた。

「ぬぐっ」

桃之進の放った水平斬りが、蟇目の肘を浅く削った。

しかし、深追いはしない。

斬りつけておいて踵を返し、尻尾を丸めて逃げだす。

「待て、逃げるか」

蟇目は憤怒の形相で、追いすがってくる。

差はどんどん縮まったが、それも勘定のうちだ。

道端には、管槍が突きたっている。

桃之進は踏みとどまり、右手で管槍を引きぬいた。

「りゃお」

気合いもろとも、穂先を立てて振りむけば、蟇目が剛刀を大上段に構えている。

「死ね」

血で染まった肘が突きだされた。

刹那。

――びん。

背後で弦音が響いた。

咄嗟《とっさ》に首を引っこめると、鏑矢《かぶらや》が凄《すさ》まじい勢いで頭上を通りすぎた。

「ぬわっ」

鏑矢は蟇目の髷を飛ばし、暗闇に消えてゆく。

「すりゃ……っ」

桃之進は間隙を衝き、管槍を突きだした。

両者の間合いはまだ、一間余りはあった。

が、ただの管槍ではない。柄に細工がなされている。

継ぎ竿のように、二段、三段と先端が伸び、蛇のごとく喉笛に襲いかかったのだ。

「ぐはっ」

蟇目が血を吐いた。

管槍の鋭利な穂先はのどに刺さり、首の後ろへ突きでていた。

巨体がぐらりと傾き、横倒しに倒れてゆく。

濛々と、塵芥《じんかい》があがった。

「や、やった」

桃之進は緊張から解き放たれ、地べたに片膝をついた。

「葛籠さま、お見事」

背後から、安島が賞賛の声を掛けてくる。

「屍骸は拙者が始末しておきますゆえ、葛籠さまは荒れ寺へお急ぎなされ」

「ふむ、そうだな」

まだやることはある。それをおもうと、気が重くなった。

「ご心配にはおよびませぬ。浪人どもには、蟇目の代役が来ると触れまわっておきました。憐れな連中が誰かに煽ってもらおうと、うずうずしながら待ちかまえておりますよ。さ、これを」

桃之進は差しだされた孫六を腰に戻し、荒れ寺へ向かった。

威風堂々《いふうどうどう》と踏みこみ、篝火のまえで偉そうに頷いてみせる。

浪人どもは狐につままれたような顔をしたが、誰何《すいか》する者もいない。

桃之進は毅然と前をみつめ、くずれかけた階段《きざはし》を上がった。

観音扉を背において仁王《におう》立ち、静まった者たちを睥睨《へいげい》する。

臍下丹田《せいかたんでん》に力を込め、渾身《こんしん》のおもいでことばを搾《しぼ》りだした。

「みなの衆、よう集まってくれた。これより、守銭奴の米蔵を襲う。喜ぶがいい。米は取り放題じゃ。なれど、慈悲の心が残っておるなら、お救い小屋にも分けてやれ。米を狙う蔵は、御行の松の北にあり。守銭奴の雇った用心棒どもを蹴散らし、一気に米蔵を呑みこむのじゃ。ふはは、奪う米はな、千代田の殿様だけが口にできる日の本一の美濃米よ。そいつをごっそり、奪ってやろうではないか。すでに機は熟した。さあ、まいろうぞ」

「う、うおお」

誰よりもさきに、さくらの役割を担った五助と太郎次が歓声をあげる。

それにつられて、鬨《とき》の声が嵐のように沸きおこった。

鬨の声は地響きとなり、どよめきとなって伝播《でんぱ》する。

桃之進はどうにも、武者震いを禁じ得ない。

「うおおお」

いっしょになって拳《こぶし》を突きあげ、腹の底から雄叫《おたけ》びをあげていた。

十

美濃屋の隠し蔵はあばかれ、大量の米俵が奪われた。それでも、持ちきれずに残されたぶんは多くあり、これを偶然にも差しおさえたふうを装って、桃之進はその夜のうちに大垣藩の目付に談判を持ちこんだ。

隠し蔵の一件が表沙汰となれば、藩にも厳罰が下ることは必定《ひつじょう》と脅しあげ、内々で処理してやるから悪事の首謀者を処分せよと持ちかけると、目付はその場で江戸家老とはからい、くれぐれもよろしくお願いしたいと、畳《たたみ》に額《ひたい》を擦りつけた。

そのことばどおり、締売りをやった悪党どもの探索はおこなわれ、月があらたまると、留守居役の坂東隼人丞と美濃屋利右衛門の身柄は拘束された。ほどもなく厳罰が下されることは火を見るよりもあきらかだが、悪党が処断されたからといって、大垣の領民たちの暮らしが良くなるわけではない。

弥生《やよい》清明、辰ノ刻前。

上野山や墨堤には、桜がちらほら咲きはじめている。散策を愉しむ人々も出てきたなか、桃之進は浮かぬ顔で虎ノ門外の辻陰に隠れていた。

非番なので風体は着流しだが、腰には愛刀の孫六兼元を帯びている。

今日は定例の登城日なので、在府の大名たちが挙って御城へ集結するのだ。

登城口の桜田門へ通じる虎ノ門にも、愛宕下《あたごした》や麻布周辺に上屋敷のある大名たちが長い行列をともなってやってきた。

桃之進の背後では、五助と太郎次が臆病な鼠《ねずみ》のように震えている。

茂平の遺志を継ぎ、どうしても駕籠訴をやりたいと言うので、仕方なく連れてきてやったのだ。

「な、ここに来れば、できぬことがわかるであろう」

「でも、旦那。おらたちは、庄屋さまの無念を晴らしてえんだ」

のんびり屋だった五助のほうが、むしろ、やる気をみせている。

「わるいことは言わぬ。やめておけ」

そうしたやりとりを交わしていると、九曜紋の幟をはためかせた大垣藩十万石の供揃えがあらわれた。

戸田采女正《うねめのしょう》氏教の乗る駕籠は黒塗りの惣網代《そうあじろ》で、八人の陸尺に担がれて行列のやや前寄りにある。

駕籠を守る供人は、存外に少ない。

「行ってめえります」

五助が唐突に言いはなち、木陰から飛びだした。

「待ってくれ」

太郎次も、慌ててあとを追う。

「行くな、莫迦たれ」

行かせぬ気なら、もっと強引に止めていたかもしれない。

とことん、やらせてやってもいいのではないか。

桃之進の心にも、迷いはあった。

ふたりは何事かを喚きながら、駕籠の斜め前方に駆けよせてゆく。

「待て、待て待て」

供人数名が躍りだし、両手をひろげて押しとどめる。

「お殿様、采女正様、お願えでごぜえます。訴状を、訴状をお読みくだされ」

五助と太郎次は身を投げすて、地べたに額を擦りつけた。

しかし、あれでは、駕籠との間合いが遠すぎる。

「ええい、黙れ下郎。退がれ、退がらねば斬って捨てるぞ」

供人は大声で叫び、五助を足蹴《あしげ》にした。

裾に縋ろうとする太郎次も蹴倒され、地べたに這いつくばる。

「詮方あるまい」

桃之進は手拭いを取りだし、頰被りをした。

「よし」

覚悟をきめ、尻端折《しりつぱしよ》りで木陰から飛びだす。

物も言わずに駆けよせ、ひっくり返っている五助の懐中から訴状を抜きとった。

「あっ」

五助と太郎次、それに供人たちも呆気にとられている。

駕籠はちょうど、こちらに横腹をみせていた。

「くせものじゃ、くせものじゃ」

ようやく、ひとりが叫んだ。

供人たちは火が点《つ》いたように騒ぎだしたが、刀は柄袋に包まれたままだ。

こうした事態に慣れていないせいか、防禦の体勢すらととのえられない。

「邪魔するな、退《ど》けい」

桃之進は怒鳴りあげ、孫六を抜刀した。

「うわああ」

白刃をみせただけで、行列は龍のようにうねりだす。

桃之進は刃を峰に返し、正面に立ちはだかる供人の首筋を叩いた。

「のきょっ」

さらには、ふたり目の顎を柄で砕き、三人目の後頭部に柄頭を叩きおとす。

陸尺どもは悲鳴をあげ、駕籠を置いて逃げだした。

桃之進は苦もなく、駕籠脇へ近づいてゆく。

「邪魔するな」

最後の砦《とりで》となって立ちはだかる供人の眉間を峰で打ち、無双窓の付いた打揚に手を掛けた。これだけでも打ち首獄門はきまりだが、桃之進は、えいとばかりに打揚を引っぺがした。

「ぬわっ」

氏教とおぼしき殿様が、眸子《まなこ》を飛びださんばかりに瞠《みは》っている。

桃之進はにやりと笑い、孫六を鞘におさめた。

「お殿様、肝を冷やされたか。百姓たちの惨状を、少しはお知りになられるがよい」

五助から奪った訴状を胸に押しつけ、ぺこりと頭をさげる。

「ご無礼つかまつった。では、これにて御免」

振りむけば、供人たちが決死の形相で駕籠を取りまいている。

「ふいっ」

桃之進は前歯を剥いて威嚇《いかく》し、刀を抜くとみせかけて一目散に逃げだした。

「捨ておけ」

氏教が、駕籠の内から一喝する。

その声は、耳には届いていない。

追ってくる者もいないのに、桃之進は必死に逃げた。

四つ辻を抜けると、辻陰に逃げこんでいた五助と太郎次が追いかけてきた。

「待ってくれ、旦那、待ってくれ」

五助と太郎次は、途中から笑いだす。

笑いながら駆けつづけ、どこまでも従いてくる。

桃之進も何やら、無性に可笑しくなってきた。

足取りは軽く、気持ちは弾んでいる。

一矢報いてやったのだ。

茂平も草葉の陰で、笑っているかもしれない。

風となって駆けぬける三人を追うように、桜の花びらがつぎつぎに開いてゆく。

桃之進は駆けながら、そんな錯覚をおぼえた。

十一

平穏な日々が過ぎ、桜の締めを飾る八重桜も散りかけたころ。

桃之進は久方ぶりに、聖天稲荷の横町にある『おかめ』を訪ねてみた。

「あら、旦那」

おしんはめずらしく、ひとりで冷や酒を呑んでいた。

「ずいぶん、お見限りじゃござんせんか」

伝法な言いまわしが婀娜《あだ》な感じで、くらりときそうになる。

「どうした。酔うているのか」

「とんでもない。酔ってなぞおりませんよ」

桃之進は、店内をざっと眺めまわす。

「彼岸桜は片付けたようだな」

「ええ、疾うに。散ってしまいましたもの」

「山城守《やましろのかみ》さまが、お亡くなりになった。佐野善左衛門も腹を切らねばなるまい」

「さようですか」

弥生穀雨の二十四日、未ノ刻ごろ。新番士佐野善左衛門政言は江戸城中にて脇差を抜き、大声で「おぼえがあろう、おぼえがあろう」と物狂いの形相で叫びながら、若年寄の田沼山城守意知に斬りかかった。

意知は肩と腿に深手を負い、月が変わって立夏早々に亡くなった。

佐野善左衛門が凶行におよんだ理由は、賄賂のみならず系図まで提供したにもかかわらず、昇進の願いを黙殺されたということであったらしい。平たく言えば、ただの逆恨みにすぎなかった。

善左衛門は意知が亡くなった翌日に切腹し、亡骸は浅草の徳本寺に葬られた。飢饉つづきで田沼父子の人気は凋落《ちょうらく》し、市井にはこの凶行を歓迎する空気が広がっていった。一時米価が下がったこともあり、人々は善左衛門を「世直し大明神」と崇《あが》め、墓前にはしばらく参拝者が絶えなかったという。

おしんは、ふうっと溜息を吐いた。

「黙っておりましたけど、佐野さまは桜をお持ちになったあとにいちど訪れ、運だめしの席にお座りになりました。何を占いたいのかお尋ねしますと、やにわに腰の脇差を抜き、血の付いた刃をみせびらかしたのです」

「血の付いた刃」

「はい。どこぞの商家へおもむき、飼い犬の狆《ちん》を斬ったのだとか。狆を斬った刀で人を斬ると討ち損じがない。禍々しい迷信を口になされ、物狂いのように笑いながら去っておしまいになられました。わたし、生きた心地がしなかったんですよ」

「ふうん。そんなことがあったのか」

善左衛門は、よほど切羽詰まっていたとみえる。

「よくぞ、奸臣《かんしん》を成敗してくれた。世間はみんな、佐野さまのお味方です。世直し大明神などと称《たた》える者までおります」

「ああ、知っているともさ」

「笑わせるんじゃないって、言いたいですよ。佐野善左衛門なんて、わたしに言わせりゃ、とんだまがいものだ。ほんとうの世直し大明神は、茂平さんのようなおひとです。ちがいますか、旦那」

「ああ、そうだな。しかし、どうしたのだ。そいつは、佐野善左衛門の弔い酒ではないのか」

「とんでもない。茂平さんを偲《しの》びたくなって、呑んでいるんです」

「それなら、わしにもつきあわせてくれ」

「もちろんですよ」

おしんは、鰤《ぶり》大根を深皿で出してくれた。

注がれた酒は剣菱である。

「女将の言うとおりさ。為政者ひとりを葬ったとて、世の中は少しも変わりやしない。下々の者が雲霞《うんか》のごとく集まり、心をひとつにして魂の叫びをあげねば、世の中なんてものは、そう簡単にひっくり返るものではない」

桃之進は酔いにまかせて、そんな台詞を吐いた。

「旦那、ひっくり返したいんですか、世の中を」

「夢にみることはあっても、そいつは夢にすぎぬ」

おしんは返杯をせがみ、杯をひと息で干した。

「大垣に戻ったふたり、どうしておりましょう」

「さてな」

「あのふたり、旦那を神仏のように慕っておりましたよ。大きい声じゃ申しあげられませんけど、戸田のお殿様に刀を突きつけたっておはなし、ふたりはさも自慢げに教えてくれました。でも、ほんとうなんですか」

「ほんとならどうする。惚《ほ》れちまうか」

返事をするかわりに、おしんはぽっと頬を染めた。

佐野の桜は咲かずとも、ふたりの若者の心に植えつけられた反骨の芽は育ってくれるにちがいない。日々の暮らしがどれだけ苦しかろうとも、反骨魂が燃えつづけているかぎり、耐えぬくことはできる。

耐えぬいた向こうには、きっと新しい世の中がやってくる。

朝日のごとく、燦然と輝きながらやってくるにちがいない。

桃之進はうなずき、満足げに微笑んだ。桜の花びらが咲くなかを、五助と太郎次と三人で笑いながら駆けぬけた。そのときの情景が夢のように、いつまでも脳裡を駆けめぐっていた。

解説——坂岡真の底力

文芸評論家　縄田一男《なわたかずお》

坂岡真さんの——と、まだ会ったこともない本書『百石手鼻　のうらく侍御用箱』の作者を、ついつい知り合いのように〝さん〟づけで呼んでしまうのには訳がある。

この何日か、作者のことを私なりに理解しようと、坂岡さんが現在抱えているさまざまな文庫書下ろしのシリーズ——〈照れ降れ長屋風聞帖〉、〈うぽっぽ同心十手綴り〉、〈影聞き浮世雲〉、〈修羅道中悪人狩り〉、〈鬼役矢背蔵人介〉等——と、唯一の単行本『冬の蟬　路傍《ろぼう》に死す』を読んで、時代小説の登場人物の台詞《せりふ》で記せば、「お主、できるな」とでもいいたい気分になってしまった。つまりは嬉しくなってしまったからに他ならない。

が、そこで同時に思ったのは、これはコワい作家と出会ってしまった、という思いでもあった。成程《なるほど》、坂岡さんの作品には、江戸ノワールと呼ばれる割合とハードなもののから、人生の哀歓を映した人情もの、そして〈のうらく侍〉シリーズのようなユーモアに包まれた作品までさまざまある。しかしながら、主人公がかかわることになる事件——それは当然の如《ごと》く、犯罪が主となっている——の根底にあるのが、生きていることの悲哀に端を発しているような気がしてならなかったからだ。

加えて、本書を中心に述べれば、坂岡さんは、ユーモアというものを見事なまでに自分の武器とすることを知っている。これは怒りの作家がテーマを声高に叫ぶより、逆説的な意味でずっと効果的なことといわねばなるまい。

さらに、凄腕《すごうで》の使い手ながら、出世も望まず、勘定方から奉行所与力、それも金公《かねく》事方《じかた》という閑職に左遷され、のうらく者＝能天気な変わり者と呼ばれる主人公・葛籠《つづら》桃之進《もものしん》の設定には、実は作者自身の像が投影されているのではないだろうか。

もちろん、坂岡さんのことを、のうらく者であるなどと失礼なことをいうつもりはサラサラない。そしてまた、作者の経歴をストレートに主人公に結びつけるような短絡的なことをしようとも思わない。しかしながら、文庫カバーの袖等に記された坂岡さんの経歴にある、「バブル絶頂期のデベロッパー企業に入社。億ションの販売、豪華客船の顧客手配などに従事、十一年後に退社し、文筆活動を開始する」という一文が気になって仕方がないのである。

そしてここからは、私の手前勝手な想像になるのだが、当然の如く、バブル全盛期の後にくるのはバブル崩壊である。恐らくそこで展開され、坂岡さんの、見聞きしたことは、本書の金公事方に持ち込まれる訴訟などとは較べものにならない悲喜劇だったのではあるまいか。

さらに、坂岡さんは作家となってから、時代小説を書く前に「架空エンターテインメント小説」を書いていたという。それが今日、ほぼ時代小説作家としてのみ認知されている。というのは、そこでいったん、挫折を味わった――たとえば本書の桃之進のように、何かをふっ切れた様に、もしくは諦観《ていかん》の中から正義に目ざめるように、逆説的な底力をもって時代小説という自己の鉱脈をさぐりあてたのではないだろうか。

そしてここからは本書の内容に触れるので、ぜひとも小説の方から先に読んでいただきたいのだが、〈のうらく侍〉シリーズを天明《てんめい》年間の物語としているのは、作者の不逞《ふてい》な反骨精神のあらわれというべきであろう。

天明を、〝鬼平《おにへい》〟こと長谷川平蔵《はせがわへいぞう》の活躍した時代である、といえば、TVの鬼平のエンディングの、ジプシーキングスのメロディに江戸の四季折々の風物詩が色彩豊かに描かれる場面を思い浮かべる方がいるかもしれない。だが、実はこの時代、巻頭の「百石手鼻」で「天災つづきで世情が混沌とする中」云々と記され、「世直し大明神」で打ちこわしや駕籠訴が行われるように決して庶民にとって暮らしやすい時代ではなかったのである――いや、それ以前にそもそも暮らしやすい時代があったのか、という問題提起があるが、このことは、作中の会話の中に出てくる〝本所回向院《ほんじょえこういん》のお救い小屋〟が、あたかも昨年末に緊急につくられた派遣村と同じように見えることからも了解されよう。

そして、再び話を天明の時代相に戻せばこういうことになる。すなわち、天明二年の六分作、翌年の洪水、噴火、気候不順による大凶作により、米価が高騰し、全国的な飢饉《ききん》が招来されたのである。この一巻では、美濃大垣《みののおおがき》藩の窮状が描かれているが、特に奥州《おうしゅう》地方の被害はひどく、南部《なんぶ》藩では死者六万四千九十八人を記録、他領に逃亡した者三千三百名、空屋となった家一万五百五軒となっている。

そして注目していただきたいのはここからだ。実はこれほどの死者を出しながら、武士階級からは一人の死者も出ていないのである。これはどういうことかと問えば、惨たる答えを出さざるを得ない。すなわち、百姓は命がけで年貢米を納め死んでいったのである。

これだけではない。南部藩士横川良助《よこがわりょうすけ》が残した『飢饉考』には、親兄弟の死体を切り刻んで煮焼きし、これを食いつくした娘が獣のように人に食いつくので仕方なく鉄砲で撃ち殺した、と記されている。また、医学者 橘 南谿《たちばななんけい》は、この飢饉の最中、奥州各地を廻るも、秋田から南部にかけて至るところに白骨が転がっていたという。

こうした中、江戸に人口が集中し——しかしながら、その中には各地で食いつめた者も多く——鬼平の活躍が顕著であったというのは、それだけ、治安が悪かったということの裏返しなのである。

桃之進が守ろうとしているのは、つまりはそういう時代における「正義」なのである。

従って、犯罪に手を染める者も、善玉悪玉と簡単に色分けすることができず、「百石手鼻」において桃之進は、最も対決したくない相手と剣をまじえることになる。そして「修羅道へと通じる陥穽《かんせい》は、そこらじゅうに穿《うが》たれている」というように、致し方なく悪に手を染めた者の心情が、平成の世で行われる理解不能な無差別殺人より、よほど人間的であるという逆説がまた哀しい。さらに、桃之進が紀ノ屋《きのや》に財布を投げ返すシーン。ここは、定額給付金をめぐらましに、選挙のためのみの政治を行おうとする政府に対する痛烈な批判とも見てとれよう。が、作者も作中の桃之進のように、そんな一時の人気取りでバラまかれる金なんか、つっかえしてしまえ、とは決していえない現状にほぞをかんでいるかもしれない。

このようにユーモアたっぷりにはじまる物語は、金と権力の座にあぐらをかく連中への痛烈な批判とともに、桃之進の各篇の作中人物との、出会ってしまったことに対する悲哀とともに幕を閉じるしかないのである。「追善の花」などはその典型的な例といえはしまいか。正に人と人との出会いは一期一会――それ故に桃之進は、自分の行いが蟷螂《とうろう》の斧《おの》と知りつつも剣を抜かねばならないのだ。

このような設定であるから「世直し大明神」の佐野善左衛門《さのぜんざえもん》は、毎日を懸命に生きる庶民と相対化され、系図一つで出世を望んだ男として卑小な存在とならざるを得ないのである。そしてこの話に登場した〝運だめしの席〟のおしんと桃之進の今後はどうなるのかと、こちらは明るい話題になるかもしれない。それにしても、呑み屋の酒樽をひっくり返した席ひとつに作中人物の運命や性《さが》を凝縮してみせた作者の手腕はただごとではない。

「正義だ。わしら木っ端《こっぱ》役人にとって、これほど厄介なものはなかろうがよ」――そういいながら決して胸の炎を絶やすことのない桃之進の次なる活躍が読みたくなるのは当然ではないか。

はやくも次巻が待遠しくてならない。

切・り・取・り・線

一〇〇字書評

百石手鼻

購買動機（新聞、雑誌名を記入するか、あるいは○をつけてください）	
□（　　　　　　　　　　　　）の広告を見て	
□（　　　　　　　　　　　　）の書評を見て	
□ 知人のすすめで	□ タイトルに惹かれて
□ カバーが良かったから	□ 内容が面白そうだから
□ 好きな作家だから	□ 好きな分野の本だから

・最近、最も感銘を受けた作品名をお書き下さい

・あなたのお好きな作家名をお書き下さい

・その他、ご要望がありましたらお書き下さい

住所	〒				
氏名		職業		年齢	
Eメール	※携帯には配信できません	新刊情報等のメール配信を 希望する・しない			

この本の感想を、編集部までお寄せいただけたらありがたく存じます。今後の企画の参考にさせていただきます。Eメールでも結構です。

いただいた「一〇〇字書評」は、新聞・雑誌等に紹介させていただくことがあります。その場合はお礼として特製図書カードを差し上げます。

前ページの原稿用紙に書評をお書きの上、切り取り、左記までお送り下さい。宛先の住所は不要です。

なお、ご記入いただいたお名前、ご住所等は、書評紹介の事前了解、謝礼のお届けのためだけに利用し、そのほかの目的のために利用することはありません。

〒一〇一―八七〇一
祥伝社文庫編集長　坂口芳和
電話　〇三（三二六五）二〇八〇

祥伝社ホームページの「ブックレビュー」からも、書き込めます。

http://www.shodensha.co.jp/bookreview/

祥伝社文庫

百石《ひやつこく》手鼻《てばな》　のうらく侍《ざむらい》御用箱《ごようばこ》

平成21年　4月20日　初版第1刷発行
平成30年　2月25日　　　第6刷発行

著　者　坂岡《さかおか》　真《しん》
発行者　辻　浩明
発行所　祥伝社《しょうでんしゃ》
東京都千代田区神田神保町 3-3
〒101-8701
電話　03（3265）2081（販売部）
電話　03（3265）2080（編集部）
電話　03（3265）3622（業務部）
http://www.shodensha.co.jp/

印刷所　堀内印刷
製本所　ナショナル製本

Printed in Japan ©2009, Shin Sakaoka　ISBN978-4-396-33494-9 C0193

祥伝社文庫の好評既刊

岡本さとる
取次屋栄三《えいざ》

武家と町人のいざこざを知恵と腕力で丸く収める秋月栄三郎。縄田一男氏激賞の「笑える、泣ける」傑作時代小説。

岡本さとる
がんこ煙管《ぎせる》
取次屋栄三②

栄三郎、頑固親爺と対決！「楽しい。面白い。気持ちいい。ありがとうと言いたくなる作品」と細谷正充氏絶賛！

岡本さとる
若の恋
取次屋栄三③

名取裕子さんもたちまち栄三の虜に！「胸がすーっとして、あたしゃ益々惚れちまったぉ！」大好評の第三弾！

岡本さとる
千の倉より
取次屋栄三④

「こんなお江戸に暮らしてみたい」と、日本の心を歌いあげる歌手・千昌夫さんも感銘を受けたシリーズ第四弾！

岡本さとる
茶漬け一膳
取次屋栄三⑤

この男が動くたび、絆の花がひとつ咲く！ 人と人とを取りもつ〝取次屋〟の活躍を描く、心はずませる人情物語。

岡本さとる
妻恋日記
取次屋栄三⑥

亡き妻は幸せだったのか？ 日記に遺された若き日の妻の秘密。老侍が辿る追憶の道。想いを掬う取次の行方は。

祥伝社文庫の好評既刊

祥伝社文庫の好評既刊

門田泰明　秘剣　双ツ竜　浮世絵宗次日月抄

天下一の浮世絵師宗次颯爽登場！　悲恋の姫君に迫る謎の「青忍び」炸裂する！　怒濤の「撃滅」剣法

門田泰明　半斬ノ蝶（上）　浮世絵宗次日月抄

面妖な大名風集団との遭遇、それが凶事の幕開けだった。忍び寄る黒衣の剣客！　宗次、かつてない危機に

辻堂　魁　風の市兵衛

さすらいの渡り用人、唐木市兵衛。心中事件に隠されていた奸計とは？　〝風の剣〟を振るう市兵衛に瞠目！

辻堂　魁　雷神　風の市兵衛②

豪商と名門大名の陰謀で、窮地に陥った内藤新宿の老舗。そこに現れたのは〝算盤侍〟の唐木市兵衛だった。

辻堂　魁　帰り船　風の市兵衛③

またたく間に第三弾！「深い読み心地をあたえてくれる絆のドラマ」と小椰治宣氏絶賛の〝算盤侍〟の活躍譚！

辻堂　魁　月夜行　風の市兵衛④

狙われた姫君を護れ！　潜伏先の等々力・満願寺に殺到する刺客たち。市兵衛は、風の剣を振るい敵を蹴散らす！